MILLENNIUM

Der Franzose

Elizabeth Hand

MILLENNIUM

Der Franzose

Roman

auf Basis der gleichnamigen Fernsehserie
von Chris Carter

Aus dem Amerikanischen
von Jürgen Heinzerling und Joachim Pente

Erstveröffentlichung bei:
HarperCollins Publishers, New York
Titel der amerikanischen Originalausgabe:
Millennium – The Frenchman

Die Deutsche Bibliothek – CIP-Einheitsaufnahme

Hand, Elizabeth:
Millennium : auf Basis der gleichnamigen Fernsehserie
von Chris Carter / Elizabeth Hand. Aus dem Amerikan.
von Jürgen Heinzerling . – Köln : vgs
Bd. 1. Der Franzose : Roman. – 1. Aufl. – 1997
ISBN 3-8025-2535-3

1. Auflage 1997

Coverdesign: Hamagani/Carrol & Associates
Umschlaggestaltung der deutschen Ausgabe:
Papen Werbeagentur, Köln
Sender-Logo: © SAT.1 New Business Development
(NBD) '97
Satz: ICS Communikations-Service GmbH,
Bergisch Gladbach
Druck: Freiburger Graphische Betriebe, Freiburg
Printed in Germany
ISBN 3-8025-2535-3

Prolog

So geht es: gedämpfte Schreie, Keuchen, eine rote Welle, die bis an seine Füße schwappt. Starr blickende Augen, die sich nicht abwenden wollen, der sanfte Druck eines Mundes in seinem Schoß; die roten Wellen branden höher und höher, bis er es in seinem Mund schmecken kann: Galle und Kupfer, Blut, das ihm aus den Augenwinkeln rinnt; die Stimme, die er hört, ist seine eigene, ebenso die Schreie – doch das Blut ist es nicht.

So kommt es, und so kommt er: danach liegt er am Strand, schwer atmend, die Flut weicht langsam zurück, und nichts bleibt, außer diesem Geschmack in seinem Mund und Resten von klebrigem Blut an seinen Händen.

1

Er stand auf der gegenüberliegenden Seite der engen Straße, die Schultern fröstelnd hochgezogen, um sich zu schützen gegen den eisigen Februarregen, der den ramponierten Bürgersteig mit einer Glasur überzog und das blinkende Neonschild des Clubs in ein leuchtend rotes Fanal verwandelte.

THE RUBY TIP
SEATTLES HEISSESTER CLUB!
LIVE GIRLS BIS 2.00 UHR MORGENS

Zum hundertsten Mal las er die Leuchtschrift, den Mund leicht geöffnet, die Schneidezähne in die Unterlippe gegraben. Er verzog das Gesicht, als habe er einen unangenehmen Geschmack im Mund, schob die Baseballmütze noch etwas tiefer ins Gesicht, zum Schutz gegen den Regen, und überquerte entschlossen die Straße. Er öffnete eine schwere Stahltüre und verschwand im Innern des Gebäudes.

Laute Computermusik dröhnte durch den dunklen Flur – ihr Preßlufthammerrhythmus pulsierte im gleichen Takt wie das Blut in seinem Kopf. Der durchdringende Geruch eines Desinfektionsmittels mit Kieferduft kämpfte gegen das Gemisch aus Zigarettenqualm und Parfüm und die schwächeren, schwülen Ausdünstungen von Erregung und Erlösung. Zu beiden Seiten des Flures lagen Türen, wechselweise rot und grün. Der Fußboden war stellenweise übersät mit Zigarettenkippen, abgebröckelter Wandfarbe und zerknüllten Reklamezetteln: TIFFANEE BRIGHT – 24 STUNDEN FÜR SIE BEREIT!!! SUSHI-SERVICE: WIR LIEFERN FREI HAUS.

Mit einem dumpfen Geräusch wurde eine der Türen geöffnet und wieder geschlossen. Er blickte auf, sah eine junge Frau mit gepflegtem schwarzem Haar und schwerem Ledertrenchcoat auf sich zukommen. Ihre hochhackigen Stiefel erzeugten ein hohles, hallendes Geräusch auf dem Linoleum. Aus anderen Türen traten Männer, die sich wortlos aneinander vorbeidrängten. Ihre Blicke spülten wie Eisregen über die Frau, die mit einer entschlossenen Bewegung ihr Haar zurückwarf und die Lippen zusammenpreßte. Sie wich den gierigen Augen aus. Für einen Moment blieb der Mann mit der Baseballmütze stehen und musterte sie, als sie an ihm vorbeiging. Dann drehte er sich ruckartig um und verschwand hinter einer der grünen Türen.

Die Frau ging weiter, die Hände tief in die Manteltaschen vergraben. Am Eingang winkte sie flüchtig dem jungen Mann zu, der hinter der Kasse saß – Sammy, ein netter Typ, der die Mädchen nicht blöd anmachte, der tat, was er konnte, um die Spinner und Verrückten auszusortieren.

„Ich bin weg!" rief sie ihm zu.

Sammy, der gerade eine Rolle Kleingeld in die Kassenschublade rasseln ließ, schaute kurz auf und nickte. „Alles klar." Er sah ihr nach, während sie sich an der Seite durch die Eingangstür schob und sie dabei aufhielt für eine schmächtige Frauengestalt in regennasser Jacke und engen Jeans, die nun hereingehastet kam. Sie hielt den Kopf leicht gesenkt, um den stierenden Blicken der Kunden zu entgehen, die sich im Club aufhielten.

„Hey, Tuesday!" Sammy lächelte und strich sich dabei verlegen über den Ziegenbart, den er sich seit zwei Wochen stehen ließ. „Wie geht's?"

Tuesday zuckte mit den Schultern. „Was soll ich sagen? Ich bin hier."

„Wohl wahr." Sammy schwang sich in seinem Stuhl herum, um den nächsten Kunden zu taxieren. „Bis später . . ."

Tuesday bewegte sich mit routinierter Hast

und zur Schau getragener Arroganz durch den Flur, drängte sich an den Männern vorbei, die stehenblieben, um sie anzugaffen, und stieß schließlich die Tür zur Garderobe auf.

Zigarettendunst schlug ihr entgegen und der dumpfe Beat eines Nine Inch Nails-Songs, der durch eine andere Tür drang, die hinaus auf die Bühne führte. Zwei schäbige Sofas standen an der Wand, unter vergilbten Musikpostern und einem Plakat vom Puget Sound Women's Health Care Center. Drei Tänzerinnen in Arbeitskleidung – Lederbustier, pinkfarbenes Baby-Doll, Slip und BH aus schwarzem Satin – hatten es sich auf den Sofas bequem gemacht, rauchten und blätterten in den neuesten Zeitschriften herum, die Sammy ihnen hereingebracht hatte. Sie blickten auf, als Tuesday zum Kleiderständer ging und ihr Out-fit herunternahm.

„Hi, Tues."

„Läuft dein Wagen wieder?"

„Da ist noch Kaffee; hab' ihn gerade frisch gemacht."

Tuesday nickte, warf ihnen ein kurzes Lächeln zu, während sie ihre nasse Jacke aufhängte und aus ihrem dicken Pullover schlüpfte. „Danke. Ja, es war irgendwas an der Elektrik. Hab's machen lassen; hat Gott sei Dank bloß vierzig Dollar gekostet."

Hinter ihr flog die Bühnentür auf, und eine gertenschlanke Blondine in rotem Slip und dazu passendem Push-up-BH kam hereinstolziert, das Gesicht schweißüberströmt, – einige Haarsträhnen klebten naß auf ihrer Stirn.

„Hey, Calamity", begrüßte Tuesday sie. „Wie läuft's?"

„Ganz okay." Calamity warf ihr einen schnellen Blick über die Schulter zu, während sie eilig zur gegenüberliegenden Seite des Raumes hastete. Dort gab es ein Münztelefon, das neben einer auf die Wand gekritzelten Liste mit Nummern hing. „Will mich bloß schnell vergewissern, daß die Babysitterin noch nicht gegangen ist." Sie warf ein 50-Pence-Stück ein, wählte die Nummer ihrer Wohnung und wartete, während sie ungeduldig von einem Fuß auf den anderen trat. Nervös strich sie sich die langen Haare aus den Augen. „Ach übrigens, Tuesday – dieser verrückte Franzose ist wieder da."

Tuesday löste den Verschluß ihres schlichten weißen BHs und tauschte ihn gegen ein etwas aufreizenderes Modell – mit Halbschalen und schwarzem Spitzenbesatz, der ihre Brüste verführerisch umrahmte. „Der Typ mit den Gedichten?"

„Ja, genau der." Calamity nickte. „Hi, Darling, ich bin's, Mami! Ist Cindy noch da? Kann ich sie mal sprechen?"

Tuesday beobachtete ihre Kollegin am Telefon voller Sympathie und Mitgefühl. Sie schälte sich aus ihren Jeans, glitt statt dessen in einen schwarzen String-Tanga und ging zu dem billigen Spiegel hinüber, der an der Wand neben der Bühnentür lehnte. Eben endete der Song von den Nine Inch Nails, und aus den Boxen dröhnte nun „More Human Than Human" von White Zombie. Tuesday fuhr sich mit den Fingern durch das dichte Haar, strich sich ein paar Strähnen aus dem Gesicht, schminkte sich routiniert die Lippen kirschrot und trug schließlich noch etwas Eyeliner und Mascara auf. Sie schnitt eine letzte kurze Grimasse, als wolle sie sich von ihrem Spiegelbild verabschieden. Dann wandte sie sich ab und ging durch die Tür hinaus auf die Tanzfläche.

Die Mädchen nannten es den Käfig: ein Quadrat, ungefähr sechs mal sechs Meter groß, grell angestrahlt von farbigen Stroboskoplampen, die in bestimmten Abständen unvermittelt zu Violett oder dem Rot glimmender Kohlen heruntergedimmt wurden. Eingerahmt wurde der Käfig von kleinen quadratischen Fenstern. Dahinter schemenhafte Gestalten, die aus den dunklen Kabinen heraus, kauernd oder stehend, jedoch stets mit stumpfen, glanzlosen Augen, die Mädchen auf der Bühne begafften.

Tuesday wirbelte mit ein paar schnellen Drehungen an den vier anderen Tänzerinnen vorbei. Sie spürte, wie sich die verstohlenen Blicke der Zuschauer für einen kurzen Moment ganz auf sie, die Neue, konzentrierten. Sie präsentierte sich ihnen, verengte die Lider zu einem lasziven Blick und fuhr sich aufreizend mit der Zungenspitze über die Lippen; gleichzeitig ließ sie die Finger durch ihre Haare gleiten und warf sich mit einer schwingenden Bewegung herum, um erst einem, dann dem nächsten Fenster den Anblick ihrer Brüste darzubieten, wie sie den engen Push-up-BH schier zu sprengen drohten, und die glatte Mulde ihres Bauches, der sich in sanfter Rundung hinunter zu ihrem Schambein wölbte. Durch den sich matt spiegelnden Schimmer von schwarzem Glas erkannte sie hier und da ein Augenpaar, einen Mund, während sie die Hände langsam nach unten gleiten ließ, um sie schließlich auf den spitzenbesetzten Säumen ihres BHs verharren zu lassen. Sie schloß für eine Sekunde die Augen, mimte Ekstase, dann schlug sie sie wieder auf.

Direkt vor ihr war jetzt eins der Sichtfenster. Hinter der Scheibe erkannte sie eine Gestalt: der Franzose. Er kam zwei- oder dreimal pro Woche, trug jedesmal dieselbe dunkle Baseballmütze, dieselbe dunkle Brille, und brachte jedesmal dasselbe seltsame Präsent für die Frauen im Käfig mit – ein Blatt Papier, vollgekritzelt mit Worten in einer fremden Sprache. Französisch, wie Calamity behauptet hatte, auch wenn bisher noch keins der Mädchen die Chance bekommen hatte, herauszufinden, was die Botschaften tatsächlich bedeuteten.

„Ist doch sowieso scheißegal", hatte Brittany einmal verächtlich geschnaubt, als Calamity ihre Neugier bekundete. „Ein blöder Spinner, was mußt du sonst noch wissen?"

Jetzt stand er direkt vor Tuesday und preßte ein handgeschriebenes Blatt Papier gegen das Glas. Tuesday lächelte ihn an – eigentlich war es eher ein spöttisches Grinsen – und tanzte mit kreisenden Hüften ganz nah an ihn heran, provozierte ihn. Sie fuhr mit den Fingerspitzen am Saum ihres Tangas entlang, dann ließ sie die Hände langsam an ihren Oberschenkeln aufwärtsgleiten, über ihren straffen Bauch hinauf zu der Stelle, wo sich ihre Brüste keck aus den knappen Schalen ihres BHs wölbten. Sie spielte mit dem Verschluß, begann ihn zu öffnen, den Kopf in den Nakken geworfen, die Augen für einen kurzen Augenblick geschlossen . . .

Als sie sie wieder öffnete, war der Mann verschwunden.

2

In der Garderobe hinter der Bühne legte Brittany letzte Hand an ihr Make-up, dann stürmte sie hinaus in den Käfig. Hinter ihr knöpfte Calamity gerade ihr Flanellhemd zu, streifte sich ihren schlabbrigen Wollpullover über und schlüpfte in ihre Doc Martens. Sie schaute auf die Uhr – zehn nach eins – und fluchte leise. Sie hatte der Babysitterin versprochen, daß sie spätestens um halb eins zurück sein würde.

„Ich muß los“, rief sie den anderen Mädchen zu, während sie sich ihren Rucksack und ihren Parka schnappte. „Bis dann!“

In diesem Moment steckte Sammy den Kopf zur Tür herein. „Hey“, rief er und deutete mit dem Daumen auf Calamity. „Du hast Kundschaft.“

„Ich muß dringend los.“ Calamity schüttelte den Kopf, während sie bereits den Reißverschluß ihres Parkas hochzog. „Tut mir leid.“

„Zweihundert Mäuse für zehn Minuten!“

Die Mädchen auf der Couch fuhren überrascht auf, starrten erst Sammy, dann Calamity an. „Na dann – Scheiße!“ entfuhr es Calamity nach kurzem Zögern. „Dann ruf ich jetzt wohl besser die Babysitterin an.“

Sie begann sich wieder auszuziehen.

Die Privatkabine ist aufgeheizte Dunkelheit. Es riecht nach Kupfer, nach Moschus, nach Schweiß, nach feuchtem Tabak und Sperma. Nach Sex. Zentimeter vor seinem Gesicht beschlägt das kleine quadratische Fenster, als sein Atem es berührt. Auf der anderen Seite der Scheibe windet sich eine junge Frau. Hellblondes Haar fällt in Kaskaden auf ihre Schultern, wird wieder zurückgerafft, als ihre Finger durch die dichten Strähnen fahren und sie leise im Kontrapunkt zu der schwülen Musik summt, die aus einem verborgenen Lautsprecher in die Kabine dringt.

„*Möchtest du mir zuschauen?*“ Die Frau läßt ihre Hände sinken und in aufreizenden schlängelnden Bewegungen über ihre Brüste gleiten. „*Ich weiß, daß du mir gerne zuschaust . . .*“

Er schweigt.

„Sag mir, was du willst“, haucht die Frau. Sie schürzt die Lippen zu einem Klein-Mädchen-Schmollmund, schlängelt sich mit halbgeschlossenen Augen an das Fenster heran und fährt sich mit der Zunge über die Lippen. „*Sagst du's mir...?*“

Er macht einen Schritt zurück. Das Herz klopft ihm hart in der Brust. Er nickt hastig und beginnt heiser hervorzupressen: „Ich möchte dich tanzen sehen ... Ich möchte dich auf der blutroten Welle tanzen sehen.“

„*Es gefällt dir, mir zuzuschauen, nicht?*“

Er atmet aus, und ihr Körper erblüht: eine Explosion aus Schwarz und Grellrot; brennende Blumen öffnen sich, während ihre Augen in schwarzen Höhlen verschwinden und ihre Lippen sich von ihrem Zahnfleisch lösen, bis nur noch nackter, bleckender Knochen da ist; Blut quillt aus rohen Stümpfen, wo eben noch ihre Zähne gewesen waren. Er atmet schwer und stoßweise, Schweiß rinnt ihm in die Mundwinkel. Hinter der Frau bildet sich ein schwacher roter Schimmer an der Oberfläche der Wände, als sie ihre Brüste in die Hände nimmt und sich vorbeugt. Die Verderbnis fällt von ihr ab: sie ist wieder jung und begehrenswert, ihr Mund ist eine rote Wunde, ihre glänzenden Schenkel öffnen sich ihm, auch wenn er die Frau jetzt nicht mehr sieht; sein Blick ist starr auf die Wand hinter ihr geheftet. Wo der düstere Glanz von Scharlachrot zu einem Band geworden ist, einem Rinnsal: Blut tropft perlend auf den Boden, sammelt sich zu einem immer breiter werdenden Strom, der an den hohen Absätzen der Frau leckt.

„*Es gefällt dir, meinen Körper anzuschauen*“, haucht sie und wirbelt auf einem Fuß herum, so daß Blut gegen ihre bloße Fessel spritzt. „*Ich weiß, daß es dir gefällt . . .*“

Sein Atem wird immer heftiger, seine Hand beginnt zu zittern. Er geht näher an das Fenster heran, und seine Stimme bebt, als er leise zu flüstern beginnt. Die Worte verlieren sich in der Dunkelheit.

Die Frau vor ihm bewegt sich jetzt ebenfalls schneller – im Takt mit seinem keuchenden Atem. Sie streichelt ihren Hals, ihre Schultern, ihren Bauch. Ihre Finger hinterlassen blutige Schlieren auf ihrer Haut, als sie von ihrem Nabel langsam weiter nach unten zu ihren Oberschenkeln gleiten. Die Wände scheinen zu atmen, zu erschauern; Blut fließt an ihnen herunter, bis schließlich der ganze Raum damit gefüllt ist . . .

„*. . . ich weiß, daß es dir gefällt. Komm, sei nicht so schüchtern.*“

. . . es ist überall, seine Hände sind feucht davon, rote Tropfen sprühen aus ihrem Haar, als sie sich zurückbiegt und den Kopf schüttelt, die Augen fest geschlossen, während er aufstöhnt und sein Mund darum ringt, Worte hervorzupressen –

„. . . dies ist der zweite Tod . . .“

Und immer noch kommt das Blut, ein roter Wasserfall, der herabrauscht und um ihre Schenkel herum aufspritzt, während sie tanzt; und er schaut sie an, und seine Stimme wird jetzt lauter, als er nach dem Fenster vor ihm greift.

„. . .widerlich . . .“, murmelt er, aber er hört nicht, was er sagt. Sie sieht ihn an, und sein Mund bewegt sich nicht.

„Ich weiß, daß es dir gefällt“, wiederholt sie und schlägt die Wimpern nieder, um ihren Blick zu verbergen, als sie den Kopf senkt. Dann blickt sie zu ihm auf, durch einen flimmernden Ring aus Rauch und Feuer. *„Ich weiß, daß es dir gefällt . . .“*

Er stöhnt und blinzelt; seine Augen tränen.

Aus den Wänden schlagen Flammen, schießen brüllend nach unten und in den Raum, als wäre Blut Zunder, benzingetränktes Papier, Haar über einer Kerze. Der See aus Blut schimmert, und dann birst er zu einer Lohe aus Gold und Schwarz und Scharlachrot, grell, blendend. Die Flammen winden sich und tanzen, umschlingen die Frau, die sich ungerührt durch das Feuer bewegt, während ihre Haut aufplatzt und sich blasig von ihrem Körper löst. Tropfen von Fett spritzen gegen das Fenster, während ihr Mund sich gebrochen bewegt, und er schaut zu, wie ihr Haar zu Asche wird, ihre Finger sich zu Zweigen verdrehen, die mit lautem Knistern zerbrechen und in Rauch aufgehen. Seine Stimme brüllt in Nichts; er keucht und fällt rücklings gegen einen Stuhl; die letzten Worte der Frau hallen ihm in den Ohren, als Flammen den Raum verschlingen. Der Gestank von Blut dringt ihm in die Nase, und eine einzelne Träne fällt auf seine Wange.

„Ich weiß, daß es dir gefällt.“

3

Der Morgen küßte die Stadt mit Sonne statt des üblichen Nebels und Regens. Auf einem nach Osten liegenden Hang navigierte Frank Black seinen roten Cherokee. Er blinzelte, als Licht durch das Armaturenbrett und über sein hageres Gesicht fiel.

„Ich glaube, da versucht jemand zu schummeln“, sagte er und mußte lächeln, als er seine Frau auf dem Beifahrersitz ansah. Jordan, ihre sechs Jahre alte Tochter, die auf ihrem Schoß saß, zog scharf die Luft ein und schlug die Hände über die ihrer Mutter, die sich die Augen bereits fest zuhielt.

„Nicht gucken, Mommy!“

Catherine Black lächelte und schüttelte den Kopf, die Hände nicht einen Millimeter von der Stelle bewegend. „Okay. Du sagst mir, wann ich die Augen wieder aufmachen darf, Jordan.“

Franks Lächeln wurde breit. Er lenkte den Wagen durch eine Kurve und unter Apfelbäumen hindurch, die ihren vollen Blätter- und Blütenschmuck tragen würden, sobald der Frühling kam, und gelangte dann auf eine breite Seitenstraße, wo schmucke Bungalows und Landhäuser in Zimmermanns-Gotik wie Kinderspielzeug zwischen gepflegten Rasenflächen, sorgsam gestutzten Hecken und einem Garten verstreut lagen, in dem verwelkte Sonnenblumen noch immer über ein Spalier lehnten. Auf dem Gehweg radelte ein Zeitungsjunge vorbei; er drehte sich um und starrte mit fröhlicher Neugier auf den Cherokee. Frank nickte, als hätte er dies alles so arrangiert, dann lenkte er den Wagen etwa auf der Hälfte des Blocks an den Straßenrand und hielt hinter einem Umzugs-LKW an.

Er wandte sich zu Jordan um; sie lugte zu ihm herauf unter ihren zerzausten schwarzen Locken, die sie von ihrer Mutter geerbt hatte. Einen langen Augenblick gab er sich dem Genuß hin, sie beide anzuschauen. Er stemmte sich gegen die nun schon fast vertraute Aufwallung von Angst, die ihn während der langen Überlandfahrt von D. C. bis hierher auf Schritt und Tritt verfolgt hatte, kämpfte gegen die drückende Beklemmung, gegen das Entsetzen, das ihm nachhing wie die Erinnerung an einen bösen Traum – einen Traum, den er endlich zu vergessen hoffte: das alles lag jetzt hinter ihm, vor ihm lag ein neues Zuhause, ein neues Leben . . .

„Daddy?“ Jordans Stimme riß ihn aus seinen Gedanken. Frank blinzelte, und als er aufblickte, sah er sie ungeduldig auf Catherines Schoß herumzappeln. „Jetzt?“

Frank lachte und nickte: *Jetzt!*

„Okay, Mommy!“ schrie Jordan. Sie lehnte sich zur Seite und schlug gegen das Fenster. „Jetzt kannst du gucken!“

Catherine setzte eine würdevolle Miene auf, nahm die Hände von den Augen und blickte aus dem Fenster. Einen Augenblick lang sah Frank sie besorgt an. Doch dann rief sie begeistert: „Oh, Frank! Du hast es anstreichen lassen –“

Und als sie aufgeregt aus dem Wagen kletterte, gefolgt von einer nicht minder aufgeregten Jordan, die hinter ihr auf den Gehweg sprang, wußte er endlich, daß alles gut werden würde.

„Ist das unser neues Haus, Daddy?“ krähte Jordan. „Ist das unser neues Haus?“

Frank stieg aus dem Wagen, stellte sich zu ihnen an den Rand des grünen Rasens und nickte. „Unser neues gelbes Haus“, sagte er.

Über dem leicht ansteigenden Hang aus kurz geschnittenem Rasen und Klee leuchtete ein sonnengelber Bungalow. Die Rahmen der Fenster strahlten in blendendem Weiß. Die Bleiverglasung der Scheiben des zweiten Stockwerks funkelte prismenartig in der

Morgensonne. Auf der Veranda hingen mehrere Weidenkörbe mit Fuchsien, ein Geschenk vom Grundstücksmakler. Catherine betrachtete sie entzückt, dann ging sie mit verträumtem Blick den Gehweg hinauf. Hinter ihr glitt Jordans Hand in die ihres Vaters, und die beiden folgten ihr.

Im Haus hatten die Umzugsleute die größeren Möbel bereits in etwa so aufgestellt, wie sie später einmal stehen würden: das Sofa, die Sessel und Jordans Schaukelstuhl standen im Wohnzimmer; die Tischchen mit den Einfassungen aus Korbgeflecht und die Leselampen standen im Wohnzimmer. Überall standen Umzugskartons herum.

Lieber Himmel! Frank schüttelte den Kopf. Was zum Teufel war da bloß alles drin? Bücher? Hausrat? Jordans Legosteine? Ein Stückchen weiter lehnte ein alter viktorianischer Kleiderständer einsam und verloren an der Wand, neben dem Spiegel von Jordans Kleiderschrank. Er erhaschte einen Blick auf sich selbst, wie er dastand, gefangen in dem pink und gelb gemusterten Rahmen: ein großer, schlanker Mann mit dunklem, langsam grau werdendem Haar, die Augen tief in den Höhlen liegend und ernst, aber nicht humorlos; tiefe Falten hatten sich um Augen und Mund gegraben. Es war kein Gesicht, das leicht lachte, aber eines, das Vertrauen abnötigte. Ein Arbeitskollege hatte einmal gespöttelt, Frank würde sich bestimmt gut als Erzengel Gabriel machen: „Eine solche Fresse taugt eigentlich zu nichts anderem, als schlechte Nachrichten vom Großen Boss zu überbringen." Die Bemerkung hatte ihn nicht gekränkt, weil alle wußten, wie sie wirklich gemeint war. In Wahrheit hatte der größte Teil von Franks Job nämlich darin bestanden, auf der Empfängerseite von Nachrichten zu sitzen, die durchaus sehr schlecht zu nennen waren . . .

„Oh, Daddy! *Da* sind sie!"

Seine Tochter rannte an ihm vorbei und quietschte vor Vergnügen, als sie einen Karton mit ihrem Namen darauf wiedererkannte und begann, Stofftiere daraus hervorzuzerren. Frank lächelte und wich einen Schritt zur Seite, als die Männer von der Umzugsfirma wieder hereinkamen, diesmal schleppten sie den Küchentisch.

Die Betriebsamkeit der Packer war irgendwie ansteckend, also schnappte er sich einen Karton und wollte ihnen gerade damit in die Küche folgen, als Catherine laut von oben rief: „Frank? Kannst du mal hochkommen?" Ihre Stimme klang so ernst, so besorgt, daß sein Herz sofort heftig, zu heftig, zu pochen begann. Er sah auf. Catherine stand auf dem Treppenabsatz. Ihr Gesicht war angespannt. „Frank, hier ist irgendwas."

Er ließ den Karton mehr fallen, als daß er ihn absetzte, und stürmte die Treppe hinauf. Seine Schritte hallten laut auf den Stufen wider. „Catherine?" rief er, als er den Absatz erreichte, bemüht, seiner Stimme einen einigermaßen ruhigen Klang zu geben. Keine Antwort. „Catherine?"

Er lief durch die Diele, einen Ausdruck grimmiger Besorgnis im Gesicht. Erst als er das Schlafzimmer erreichte und Catherine mit verzückter Miene gleich hinter der Tür stehen sah, legte sich der Anflug von Panik.

„Was ist?" fragte er leise.

Sie sagte nichts, sondern schlang nur die Arme um seinen Hals und zog ihn an sich. Sie küßte ihn innig, und ihre Wärme und die sanfte Wölbung ihrer Hände auf seinem Hals und seiner Schulter waren ihm so vertraut wie sein eigener Herzschlag. Einen Moment lang verharrten sie so, gegen den Türrahmen gelehnt. Dann wich Frank ein wenig zurück, gerade soviel, daß er in ihre grünen Augen schauen und dort das sehen konnte, wonach er suchte.

„Ich bin so glücklich", sagte sie leise. Tränen traten in ihre Augen und ließen sie für einen Moment noch heller strahlen. „Ich glaube, dieser Umzug war richtig. Ich glaube das wirklich, Frank."

Er nickte. Er spürte, wie die Beklommenheit von ihm abblätterte wie alte Farbe. „Das tue ich auch. Es fühlt sich an wie ... zu Hause."

Von draußen kam ein leises *Klatsch*, begleitet von einem surrenden Geräusch. Sie drehten sich beide um und schauten aus dem Fenster: derselbe Junge, den Frank vor wenigen Minuten auf der Straße gesehen hatte, sauste auf seinem Fahrrad vorbei, die nächste gefaltete Zeitung bereits in der Hand. Sie schauten ihm nach, bis er außer Sicht war, dann begannen sie gleichzeitig zu lachen: es war zu perfekt.

Er grinste und schüttelte den Kopf. „Kneif mich mal."

Sie zwickte ihn spielerisch in die Hinterbacke und zog ihn wieder an sich. Wieder küßten sie sich. Sonnenlicht fiel auf Franks Lider, als er flüsterte: „Zu Hause. Es fühlt sich an wie zu Hause."

4

Es war bereits später Nachmittag, als er endlich dazu kam, in den Vorgarten zu gehen. Die Sonne war gerade hinter den Bergen verschwunden und warf lange Schatten über die Rasenflächen, die einen Hauch von Winter zurückbrachten. Frank hob die zusammengefaltete Zeitung auf und wollte gerade ins Haus zurückschlendern, als jemand vom Rasen des Nachbarhauses rief: „Hallo!"

Er drehte sich um und sah einen Endfünfziger mit vorgerückter Glatze, der mit seiner eigenen Zeitung wedelte. Der Mann hatte ein freundliches Gesicht, weiche, liebenswürdige Züge und trug eine hellrote Strickjacke, die ein wenig über seinem Bauch spannte. „Hi, ich heiße Jack Meredith!" Mit freundlich strahlendem Gesicht kam er zu Frank herübergeschlendert. „Ich bin Ihr Nachbar."

„Frank Black."

Meredith nahm Franks Hand und schüttelte sie herzlich, dann steckte er sich seine Zeitung unter den Arm und wiegte sich auf den Absätzen. „Soso! Frank. Woher kommen Sie denn?"

Ein leises Unbehagen flackerte in Frank

auf, aber er erstickte es wieder. „Wir haben die letzten zehn Jahre in Washington, D. C. gelebt“, sagte er mit fester Stimme. „Aber ursprünglich stammen wir aus Seattle, meine Frau und ich.“

Jack Meredith legte den Kopf schief. „Tatsächlich? Und was führt Sie hierher zurück?“

„Wir wollten wieder nach Hause. Ein bißchen Wurzeln schlagen.“

Meredith nickte beifällig. „Klar. Leuchtet ein.“ Er sah Frank forschend an, einen Sekundenbruchteil zu lange nach Franks Geschmack. „Was arbeiten Sie, Frank?“

„Ich plane gerade einen Karrierewechsel.“

Merediths Augenbrauen fuhren hoch. „Ach! Und? Schon was Konkretes in Aussicht?“

Frank sah ihn mit abschätzendem Blick an, dann lächelte er. „Ja, ich mache zur Zeit so etwas wie . . . Consulting.“

„Ach ja?“ Meredith schien zufrieden. „Dürfen wir Sie und Ihre Familie diese Woche zum Dinner einladen?“ Er grinste und deutete mit dem Kopf in Richtung der leuchtend gelben Veranda, wo sich bereits ein Big Wheels-Fahrrad und ein Little Tikes-Spielhaus häuslich niedergelassen hatten. „Wir haben gesehen, Sie haben ein kleines Mädchen.“

„Danke. Ich werd's meiner Frau sagen."

„Tun Sie das", sagte Meredith. Als Frank zur Veranda zurückging, dröhnte die Stimme seines Nachbarn fröhlich hinter ihm: „Hey, Frank – ein hübscheres Plätzchen hätten Sie sich zum Heimkehren kaum aussuchen können."

Frank lächelte erneut, dann richtete er seine Aufmerksamkeit auf die Zeitung in seiner Hand. Er streifte das Gummiband ab, faltete sie auseinander und überflog die Titelseite, bis sein Blick an der Schlagzeile hängenblieb.

MUTTER ERMORDET IN IHREM HAUS AUFGEFUNDEN

Tochter (5) versteckte sich vor dem Mörder

Darunter ein Bild, auf dem ihm eine hübsche junge Frau mit blondem Haar entgegenlächelte.

„Frank?" Auf der Veranda ging knarrend die Tür auf. Catherine trat heraus, den Kopf neugierig zur Seite geneigt, als sie zu ihrem Mann hinunterschaute. „Frank? Wer war das da eben, mit dem du –"

Die Worte erstarben ihr auf den Lippen, als er das Gesicht hob, so daß die letzten schwachen Sonnenstrahlen darauf fielen. Seine

Züge waren straff gespannt, und seine Augen funkelten erregt, als er an ihr vorbeisah und dachte: *Es hört niemals auf, es hört niemals auf ... Es hört niemals, niemals auf!*

5

Früh am nächsten Morgen stand er vor dem Gebäude für soziale Einrichtungen der Stadt Seattle. Regen hing wie Rauch in der dicken, stahlfarbenen Luft. Ein seltsames Gefühl überkam ihn beim Anblick des vertrauten Betonbaus – Angst und Vorahnung, die Erinnerung an zu viele schlaflose Nächte, in denen schlechter Kaffee und noch schlechtere Träume ihn wachgehalten hatten. Einen Moment lang verharrte er bewegungslos auf der Stelle und starrte auf die regennassen Türen; dann schloß er seinen Regenschirm und ging hinein. Er schob sich durch die Menschenmenge, die zur Arbeit hastete, Sozialarbeiter und uniformierte Beamte, dynamisch dreinblickende Anwälte in ihren typischen Anzügen, Verwaltungsangestellte, die noch gähnten, als sie zur Seite traten, um Frank in den Fahrstuhl zu lassen. In der Angestellten-Cafeteria herrschte noch immer derselbe schale Geruch – ein Gemisch aus recycelter Luft, Lasertinte und Essen auf Warmhaltetischen. Und dasselbe gewohnte Bild von Menschen, die zur Arbeit gehen und den Wundern des Alltags, den Krisen, dem Grauen und dem Leiden mit professioneller Ruhe begegnen.

Der dritte Stock präsentierte sich so, wie er immer gewesen war. Scheinbar endlose Reihen von Büros, in jedem ein leuchtender Computermonitor, davor Männer und Frauen, deren ernste Mienen sich unerwartet in ein ironisches Lachen verwandelten; das gelegentliche Knarzen eines der Walkie-Talkies von einem der Uniformierten. Frank schritt an ihnen allen vorbei und ignorierte die Blicke unverhohlener Neugier, die ihm folgten. Dann und wann blieb er stehen, um die Namen an den Türen zu lesen, bis er schließlich fand, wonach er suchte.

LT. ROBERT BLETCHER stand auf einem kleinen Schild an der Wand neben einer offenen Tür. MORDKOMMISSION. Nach einem kurzen Zögern betrat er das Büro.

Hinter dem großen Schreibtisch saß ein Mann von ehrfurchtgebietendem Wuchs in einem diskreten grauen Anzug mit testosterongelber Krawatte, während einer der drei anwesenden Detectives aus einem Computerausdruck vorlas.

„Nichts auf dem einundsechzig, der gerade durchkam“, sagte der Polizeibeamte gerade. Er deutete auf einen weiteren Ausdruck, der auf dem Konferenztisch vor ihm lag. „Und für den Rest hier brauchen wir einige Stunden ...“

Lieutenant Bletcher nickte. „Sagen Sie ihnen, ein paar Stunden sind alles, was sie kriegen“, erwiderte er, einen Bleistift zwischen den Fingern drehend. „Und rufen Sie diesen Kerl drüben in –“

Bletcher verstummte schlagartig. Sein Blick heftete sich auf die hagere Gestalt in der Tür. „Ich glaub', ich seh' Gespenster“, sagte er und stand auf.

Ein dünnes Lächeln flog über Franks Gesicht. „Tag, Bletch.“

Die Detectives fuhren herum, als der stämmige Lieutenant quer durchs Zimmer marschierte, Franks Hand ergriff und sie so herzlich schüttelte, daß Frank einen hastigen Ausfallschritt machen mußte, um nicht aus dem Gleichgewicht zu geraten. „Jesus! Was machst du denn hier, Frank?“

Frank zuckte mit den Schultern und ließ sich von Bletcher ins Zimmer geleiten. „Wir sind zurück nach Seattle gekommen.“

Bletcher nickte. „Du und Catherine?“

„Ja. Wir haben das Wetter vermißt.“

Grinsend wandte sich Bletcher zu den anderen Männern um und klopfte seinem Besucher auf die Schulter. „Hey, Leute, das ist Frank Black. Er hat früher einmal hier in der

Mordkommission gearbeitet. Bevor er ein großer Star beim FBI wurde. Frank: Bob Giebelhouse, Pete Norton, Roger Kamm."

Ein gedämpfter Begrüßungschor. Dann beugte sich einer der Männer – Giebelhouse – über den Konferenztisch. Seine Augen verengten sich, als er Frank genauer musterte. „Moment mal! Sie sind doch der Typ, der diesen Kerl geschnappt hat – diesen Serienkiller, der seine Opfer aufgefressen hat. Wie hieß der noch gleich –"

Frank nickte, das Gesicht zu einer Maske erstarrt. „Leon Cole Piggett."

Giebelhouse schnippte mit den Fingern. „Genau! Hey, was ich schon immer mal wissen wollte: wie hat er sie eigentlich zubereitet?"

Franks Gesichtsausdruck wurde noch angespannter. „Er hat sie gebraten, mit Kartoffeln und Zwiebeln."

Giebelhouse lachte angewidert auf. „Großer Gott!" rief er in Richtung seiner Kollegen, um seine Belustigung mit den anderen Detectives zu teilen. „Ist das zu fassen?"

Frank maß die drei mit einem kühlen Blick. Dann sah er zu Bletcher. „Hast du einen Moment Zeit?"

Bletcher tippte sich an den Kopf. „Ja. Sicher –"

Sie gingen hinaus und schlenderten ein Stück den Flur hinunter. „Was macht die Arbeit?“ fragte Frank.

„Die Mordrate ist auf einem Rekordtief.“ Bletcher grinste ein bißchen selbstgefällig. „Dreiundvierzig dieses Jahr.“

„Glückwunsch.“

Bletcher lachte leise und hob grüßend die Hand, als sie ein paar Leuten auf dem Flur begegneten. „Ich würde mir die Lorbeeren ja gern an die eigene Brust heften, aber die Wahrheit ist, wir haben ein paar verdammt gute Paramedics.“

Frank gestattete sich ein ironisches Lächeln. Sie erreichten jetzt das Ende des Flures und bogen in den nächsten ein. Auf diesem Gang gab es weniger Büros, und der Betrieb war dementsprechend geringer. Frank ließ seinen Blick kurz nach vorn und nach hinten schweifen, dann fragte er leise: „Was ist mit dieser Frau von vor zwei Tagen? Die mit dem kleinen Mädchen?“

Bletchers Miene verfinsterte sich. „Sie war Stripperin“, sagte er knapp. „Arbeitete in einer Peepshow. Offenbar wollte da jemand mehr als nur ein bißchen glotzen.“

Frank sah ihn prüfend an. „Ihr haltet die Details vor der Presse zurück“, sagte er nach einem kurzen Moment des Schweigens.

Bletcher seufzte. „Es war... blutig", sagte er und warf Frank einen grimmigen Blick zu. „Und grausam."

Frank sagte nichts, sondern nickte bloß. Nach einer Weile fragte er: „Wie geht's dem kleinen Mädchen?"

„Sie ist jetzt beim DSHS in Obhut."

„War sie Zeugin des Mordes?"

Bletcher blieb vor einer Feuertür stehen. „Nein, sie hat die Tat selbst nicht mitbekommen." Er fixierte Frank mit einem harten, forschenden Blick. „Bist du hier, weil du nach Arbeit suchst, Frank?"

In Franks kalten Augen spiegelte sich der rote Schimmer des NOTAUSGANG-Schildes wider. „Sexualmord... Damit hab' ich zehn Jahre zugebracht, Bletch."

„Und wie ich hörte, hat es dich in den vorzeitigen Ruhestand getrieben." Der gereizte Ton des Lieutenants wurde etwas sanfter. Er schaute Frank erwartungsvoll an, aber sein Freund sagte nichts; er stand bloß da, sein hageres Gesicht war in Schatten getaucht.

Sie schwiegen eine Weile, dann sagte Frank schließlich: „Besteht irgendeine Chance, daß ich mir mal die Leiche anschauen kann?"

Bletcher starrte ihn weiter an. Schließlich nickte er einmal. „Komm."

In seinen langen Jahren beim FBI hatte Frank viele Namen für Leichenschauhäuser gehört: Schlachthaus, Beinhaus, Labor, ja sogar Kathedrale: Orte, die vom Tode entweiht oder geweiht waren und die doch eine Stätte bezeichneten, die von der profanen Welt abgesondert war, bevölkert von Ärzten, Leichenbeschauern, Wissenschaftlern und, ja, Leichen.

Für Frank jedoch war ein Leichenschauhaus schlicht und einfach eine Fabrik. Die Toten wurden hereingebracht; manchmal war ihr Fleisch noch warm, oft stand in ihren Gesichtern noch die Geschichte ihres Sterbens geschrieben, und nicht selten war die Kleidung zerrissen oder blutdurchtränkt. Aber jede Leiche war ein Buch, das es aufzuschlagen, ein Rätsel, das es zu lösen galt – im Innern von DNS-Spiralen und verschlungenen Arterien, Eingeweiden, Zähnen und Fingernägeln. Die Toten betraten das Leichenschauhaus, eingehüllt in ihre Traumata; geschützt sogar von ihren Geheimnissen. Doch wenn sie es verließen, sahen sie alle gleich aus, gesäubert und mit Etikett versehen und in Plastiksäcke gehüllt – genau wie die untersuchten Knorpel- und Knochenstücke aus ihren Körpern.

Fabriken, dachte Frank grimmig, als er Bletcher die Treppe hinunter folgte.

Dieses Leichenschauhaus war nicht anders als andere. Ein riesiger Saal von der Größe einer Lagerhalle, erhellt durch Leuchtstoffröhren, die in langen Reihen hoch unter der Decke hingen, so hoch, daß das Licht, wenn es den Fußboden erreichte, nur noch spärlich, wie eine bläßlich-grüne, dünne Eisschicht auf den glatten Kacheln schimmerte. Metalltische erhoben sich wie Inseln in einem arktischen Meer; hier und da beugte sich ein Mediziner oder Krankenpfleger über eine bleiche Gestalt. Dazwischen verstreut standen Metallbahren wie wartende Schiffe. Der kaum wahrnehmbare Geruch von verdorbenem Fleisch und Kühlmittel hing in der Luft, überlagert von einer Mischung aus chemischer Süße, Einbalsamierungsflüssigkeit, Alkohol und Desinfektionsmittel. Es war so kalt, daß Frank seinen Atem sehen konnte; er erschauerte und zog Kopf und Schultern ein Stück tiefer in seine Wildlederjacke.

„Hier entlang." Bletcher deutete mit dem Kopf in Richtung eines Pathologen in weißer Jacke, der auf einem Stuhl saß und in einer Mappe mit Autopsieberichten blätterte. „Ich hab' schon unten Bescheid gesagt. Man erwartet uns –"

Der Pathologe schaute auf und nickte, während er sich erhob. „Curt Massey", stellte er sich vor.

„Mein Name ist Frank Black. Wir sind wegen der Stripperin hier."

Massey ließ Franks wettergegerbtes Gesicht auf sich wirken, die beunruhigende Intensität seiner hellen Augen. Nach einem Moment senkte er den Blick wieder und starrte auf die Protokolle in seiner Hand. „Sie hat gekämpft wie eine Löwin; soviel kann ich Ihnen schon mal sagen."

Frank neigte den Kopf fast unmerklich zur Seite, so als lausche er den Klängen ferner Musik. Der Pathologe fuhr fort: „Verletzungen durch einen stumpfen Gegenstand und Schürfwunden am oberen Teil des Rumpfes, vor dem Tode zugefügt. Sie war eine starke Frau. Muß ein hartes Stück Arbeit gewesen sein, sie zu überwältigen."

Von hinten ertönte das Quietschen von Gummirädern auf blanken Kacheln, das Knirschen von Metall. Frank und Bletcher drehten sich gleichzeitig um. Ein Assistent schob eine Edelstahlbahre durch eine Reihe von Doppeltüren am hinteren Ende des Saales. Zwischen den Gittern der Bahre glänzte ein schwarzer Leichensack.

„Aber der Mörder war auch nicht gerade

ein Schwächling“, sagte der Pathologe. Er bedeutete dem Assistenten, die Bahre neben den Tisch zu schieben. Plötzlich verspürte Frank einen leisen Ruck an der Schädelbasis, eine vertraute Hitzewallung, die sich bis in seine Augen ausdehnte, so daß er für einen Moment geblendet war. Er blinzelte, schluckte und schüttelte hastig den Kopf, bemüht, das Bild festzuhalten und scharf zu kriegen, bevor es verschwand.

Aber es ging zu schnell, als daß er es hätte festhalten können. Statt dessen fand er sich eingesogen in den Blick des Assistenten, eines mondgesichtigen jungen Mannes Ende Zwanzig mit pockennarbiger, schwammiger Haut, die aussah, als würde in ihr eine Delle zurückbleiben, wenn man sie mit dem Finger eindrückte. Für einen kurzen Moment hielt sein Blick dem von Frank stand: ein verschwommener Blick, Augen, die sich von Furcht oder Angst leicht aufscheuchen ließen zu einer verstohlenen, verblüfften Reflexion dessen, was auch immer sie sahen. Dann wandte er sich ab, reichte Massey ein Dokument auf einem Klemmbrett und wartete, daß dieser es abzeichnete. Massey gab ihm das Klemmbrett zurück. Der Assistent verschwand.

„Also dann –“ Der Pathologe zog die Trage

ein Stück näher zu Bletcher und Frank. Als er sich anschickte, den Reißverschluß des Leichensacks aufzuziehen, hielt Frank ihn zurück, indem er seine Hand sanft, aber bestimmt auf Masseys Handgelenk legte. Gleichzeitig schaute er Bletcher ins Gesicht.

Schreie . . .

Bletcher runzelte die Stirn. „Frank?"

Schreie.

Das Wimmern eines Kindes, hoch und dünn vor Schreck und Entsetzen. Und noch eine Stimme, hin- und hergerissen zwischen Kreischen und Keuchen, ein Geräusch, als würde Segeltuch mit einem Messer zerfetzt. Kontrapunktisch zu diesen Stimmen ein dumpfes Jammern, klagend, stumpfsinnig, tiefer als die anderen Stimmen: ein Mann. Von Franks Schädelbasis wallt strahlenförmig Hitze, rast, einem Gespinst aus Flammen gleich, unter seiner Haut entlang, um hell gleißend unter seinen Augen aufzulodern. *Er sieht eine Lampe, die umgestürzt ist und auf dem Teppichboden liegt. Zeitschriften liegen wild verstreut herum. Der Arm eines Teddybärs lugt unter einer Couch hervor. Ein anderer Arm liegt schlaff auf dem Teppich. Warmes Blut spritzt ihm über die Wangen, in die Augenwinkel, ein rotes Netz, das sich über sein ganzes Gesicht zieht.*

„Er hat ihr den Kopf abgetrennt."

Die Worte fielen von ihm, kalt wie Stein. Bletcher starrte ungläubig in Franks abwesende Augen.

Der Pathologe neben ihm wartete eine Sekunde, dann nickte er bestätigend. „Kein Kinderspiel, das kann ich Ihnen sagen", sagte er und zog eine Grimasse.

Frank leckte sich die Lippen. Er schmeckte Salz und Kupfer. Er kämpfte gegen den aufsteigenden Ekel an, das Gefühl, daß er in einen luftleeren Raum geschoben wurde. „Welche Lage hatte ihr Körper, als man sie fand?"

Masseys Antwort war kühl, flexionslos; aber in seinen Augen war ein Funke von etwas wie Angst zu erkennen. „Sie lag auf dem Rücken, die Arme über der Brust verschränkt."

Franks Augen verengten sich. Seine Körperhaltung wurde starr wie die eines Jagdhundes, der in angespannter Haltung verharrt, und er starrte mit geradezu manischer Intensität auf den Leichensack vor ihm.

Um ihn herum verschwimmt der Raum und wird zu einem anderen Zimmer. Die Wände sind befleckt, schwarzrote Schatten tanzen auf leuchtendem Weiß. Für einen Augenblick herrscht nahezu Stille. Die Schreie verstummen wie Regen, der gerade aufgehört hat. Nur daß anstelle von Wind oder Sonnenlicht ein schreckliches Keuchen zu hören ist, und von irgendwo weit weg ertönt ein wildes Scharren . . . ein kleines Tier, das in panischer Angst zu entkommen versucht. Ein metallischer Gestank dringt ihm in die Nase, und Brandgeruch. . . eine nackte Glühbirne, die billigen Teppich ansengt. Zwischen seinen Fingern spürt er den Biß von etwas Kaltem, Glitschigem. Zu seinen Füßen liegt eine schlafende Frau auf dem Rücken.

Frank blinzelte: nein, nicht schlafend. Er sagte: „Ihr habt keine Tatwaffe gefunden, aber es war etwas, das er am Tatort vorfand."

Bletcher beobachtete ihn, fasziniert und angewidert zugleich, und nickte.

„Sie war bekleidet", fuhr Frank fort, als spräche er in einem Traum. „Es gab keine Anzeichen für sexuelle Handlungen oder versuchte Vergewaltigung."

Der Pathologe starrte Frank verblüfft an. Nach einem Moment wandte er sich verwirrt Bletcher zu.

Aber Bletcher wich seinem Blick aus. Stattdessen starrte er wie unter Zwang auf Frank, obwohl er sich losreißen wollte, alles andere sehen wollte als diesen Mann mit dem Dunkel in den Augen.

„Was noch?" fragte Bletcher ungeduldig.

Sie liegt auf dem Teppich, die Hände gefaltet wie im Gebet, das blonde Haar wie eine Pfütze um ihr Gesicht. Ihre Hände sehen aus, als steckten sie in roten Handschuhen, und rote Blütenblätter liegen über ihre Wangen und ihre Stirn verstreut. Der Geruch von angesengtem Polyester weicht dem Gestank von Blut und Exkrementen.

Franks Stimme verzerrte sich, als wollten die Worte sich wieder in ihn zurückverkriechen. „Er hat ihr die Finger abgeschnitten."

Der Pathologe zog scharf die Luft an, seine Verwirrung gerann zu Abscheu. „Der Mann mit den Röntgenaugen."

Unbeeindruckt starrte Frank noch immer auf den verschlossenen Leichensack. Ein Muskel in seinem Mundwinkel zuckte. „Was haben die Haar- und Faseranalysen ergeben?" fragte er.

Bletcher entblößte die Zähne. Sein Gesichtsausdruck war ein Spiegelbild der distanzierten Abscheu des Pathologen. „Vielleicht sagst du es mir." Als Frank sich weigerte, darauf anzuspringen, sagte er: „Zwei Kopfhaare von einem Schwarzen."

Frank schloß die Augen für einen Moment, dann schlug er sie wieder auf. Es schien, als wolle er sprechen, und Bletcher wartete gespannt. Statt dessen machte Frank auf dem

Absatz kehrt und ging. Seine Schritte hallten durch den riesigen Saal, die stählerne Feuertür fiel krachend hinter ihm ins Schloß, als er das Treppenhaus betrat und wieder nach oben stieg.

Der Pathologe sah ihm kopfschüttelnd hinterher. „Wie macht er das?"

Bletcher schaute Franks einsamer Gestalt nach. Er zuckte leicht zusammen, als die Feuertür zuknallte. „Ich weiß es nicht", sagte er nach einer Weile. „Rateglück." Grußlos wandte er sich ab und hastete davon.

Im Treppenhaus nahm Bletcher zwei Stufen auf einmal, wobei er ein wenig ins Schnaufen geriet. „Frank!" rief er. „Frank –"

Am Ende der Treppe stand Frank und wartete, das Gesicht zu einer widernatürlich ruhigen Maske erstarrt. Bletcher nahm keuchend die letzten Stufen. „Du bist doch nicht hierhergekommen, um nur mal guten Tag zu sagen, Frank. Was willst du hier?"

Frank zögerte. Dann sagte er: „Ich habe diesen Modus operandi schon einmal gesehen." Verärgerung flackerte in Bletchers Gesicht auf, aber Franks Stimme blieb vollkommen gefaßt – und überzeugt. „Ich kenne die Muster und das Profil."

Der Lieutenant verlagerte sein Körpergewicht, nur mit Mühe seine Ungeduld im

Zaum haltend. „Und was ist das für ein Profil?“

„Er wird wieder töten.“

Bletcher holte tief Luft. „Schau. Sie war Stripperin“, sagte er, seiner Frustration endlich freien Lauf lassend. „Ein klassisches Opfer.“

Frank schüttelte den Kopf. „Das war nicht der Grund, warum er sie ausgewählt hat.“

„Warum dann ausgerechnet sie?“

„Das weiß ich noch nicht.“ Bletcher preßte die Lippen aufeinander. Doch bevor er etwas erwidern konnte, nickte Frank kaum merklich und sah ihn mit versöhnlichem Blick an. „Hör zu, Bletch. Ich arbeite bei einer Consulting-Gruppe. Diese Leute haben eine Menge Erfahrung mit dieser Art von Dingen. Sie könnten sich den Fall mal anschauen.“

Der stämmige Lieutenant fuhr beleidigt hoch. „Meine Jungs sind gut, Frank.“

„Ich weiß.“

„Ich habe drei Detectives auf diesen Fall angesetzt“, fuhr Bletcher hitzig fort. „Was soll ich denen sagen?“

Franks Blick wurde hart. „Daß der Mörder schwer zu schnappen sein wird. Sie könnten ein bißchen Glück gut gebrauchen –“

Er stieß die Tür nach draußen auf. „– oder ein bißchen Hilfe.“

Mit einem mürrischen Nicken schaute der Lieutenant ihm nach. Die Schultern hochgezogen bahnte sich Frank seinen Weg durch die belebte Halle. Als seine hagere Gestalt in der Menge verschwunden war, wandte sich Bletcher seufzend um und machte sich auf den Wege in sein Büro.

6

Er ging zum Ruby Tip. Es lag in einer Seitenstraße, wo die Sonne niemals auf das Pflaster fiel, und Frank war fast dankbar für die Gerüche von verfaulenden Speiseabfällen und Schimmel: Gott allein wußte, was man sonst noch alles riechen konnte. Er war noch nie hier gewesen, aber er wußte genau, wo er war. An einem dieser Orte, wo alles außer Kraft gesetzt wurde – Realität, Vertrauen, Treue, sogar Glaube. *Ich tue es nur fürs Geld. Ich mach es nur für eine Weile. Ich mach es nur solange, bis die Kinder aus dem Haus sind. Ich mach's nur, weil ich muß.*

Aber nichts hält sie davon ab, es zu tun, dachte Frank düster. Er stand mehrere Minuten lang draußen in dem von Graupel gewürzten Regen und schaute zu, wie die Männer einander schweigend auf der Eingangstreppe des Clubs passierten. *Nichts hält diese Mädchen davon ab zu tanzen, und nichts hält diese Kerle davon ab zu kommen, nicht einmal ein Mord.* Er biß die Zähne zusammen, spürte, wie der vertraute Druck hinter seinen Augen und an seiner Schädelbasis zurückkehrte. Er zog die Jacke ein Stück fester um seine Schultern, dann ging er hinein.

Pulsierende Musik erfüllte den Gang. Frank zuckte leicht zusammen, als er sich an einem Mann vorbeischob, der den Fußboden in einer der Privatkabinen mit einem Mop aufwischte. Industriegrüne und rostrote Türen säumten den Flur wie verfaulte Zähne, die darauf warteten, aus einem kranken Mund gezogen zu werden. Er ging langsamer, um sich die Polaroidfotos anzuschauen, die an den Türen der Privatkabinen klebten, überbelichtete Bilder von Frauen, die allesamt durch wilde Mähnen und große Brüste bestachen und auf Namen hörten, die wie Softdrinks klangen: Tiffanee, Brandy, Amber Lee. Als er die Tür erreichte, auf der „Tuesday“ stand, blieb er stehen. Er sah sich das Polaroid an und fragte sich, warum der Killer sich gerade Calamity ausgesucht hatte und nicht dieses Mädchen. Beide präsentierten sich mit der gleichen blonden Lockenmähne, beide waren in das gleiche, billige Victoria's Secret-Fähnchen gezwängt, das einen großzügigen Blick auf ihre Brüste freigab. Seine Augen verengten sich, aber diesmal kam keine Flut von inneren Bildern, die vielleicht eine Antwort hätten liefern können. Er holte tief Luft und ging in die Kabine.

Es war eine klaustrophobisch enge Zelle, schwach erleuchtet von einer nackten roten Glühbirne an der Decke. Schwülstige Musik, vornehmlich Seufzen und Stöhnen und unheimliche, synthetisch anmutende Frauenstimmen, ließen den Raum irgendwie noch beengter erscheinen. In der Mitte stand ein Klappstuhl aus Metall, auf dem Fußboden lag eine große zerknautschte Schachtel mit Kleenex-Tüchern. Der Geruch nach Desinfektionsmittel mit Kiefernduft war so intensiv, daß ihm die Augen tränten. Frank rückte den Stuhl beiseite und stellte sich vor das Fenster, das die Wand vor ihm ausfüllte. Die andere Seite der Glasscheibe war mit einem schäbigen roten Samtvorhang verhangen. Neben dem Fenster befand sich ein Schlitz in der Wand. Frank zog seine Brieftasche hervor, nahm mehrere Banknoten heraus, faltete sie so, daß sie in den Schlitz paßten, und schob sie hindurch.

Er wartete. Kurz darauf erschien eine Hand hinter dem Fenster und zog den Vorhang zur Seite. Dahinter kam die junge Frau auf dem Polaroidfoto zum Vorschein. Sie wirkte hübscher als auf dem Bild, aber auch verletzlicher – und müde: ihre Züge unter der dicken Make-up-Schicht wirkten erschöpft, die schwarze Wimperntusche hatte kleine Flekken auf ihren Wangen hinterlassen, die Lippen unter dem pinkfarbenen Lip-Gloss waren aufgesprungen. Sie trug einen roten Satin-Slip und einen dazu passenden Pushup-BH. Als der Vorhang zur Seite glitt, trafen sich ihre Blicke für einen kurzen Moment, dann schaute sie weg, und ihr Mund verzog sich zu einem schmollenden Lächeln.

„Hi. Du hast mich erwischt." Sie bog sich nach hinten, so daß das Haar ihr über die Schultern wallte, und ließ die Hände über ihre Brüste wandern. Sie sprach mit einer auf kindlich getrimmten Stimme und sah ihn aus arglos dreinblickenden himmelblauen Augen an. „Ich hab' gerade an was Unartiges gedacht."

Frank schüttelte den Kopf. „Ich möchte mit dir reden."

Tuesday wiegte sich im Takt der Musik, ihre Lippen bewegten sich in gespielter Laszivität, als sie die Seufzer und Stöhnlaute nachahmte, die die Kabine erfüllten. „Rede mit mir", sagte sie leise. „Sag mir, was du willst."

Frank griff in seine Jacke und zog das Zeitungsfoto von Calamity hervor. Wortlos hielt er es gegen das Fenster. Für einen Moment fuhr Tuesday mit ihrem Tanzen und Stöhnen fort; dann erkannte sie das Bild und hielt abrupt inne. Sie straffte sich und verschränkte hastig die Arme vor ihren Brüsten, wie um sich zu schützen. Sie starrte Frank an.

„Sie kannten sie, nicht?“ fragte er.

Er war sich fast sicher, daß er hier seine Zeit vergeudete, daß sie nicht antworten würde. Der unschuldige Blick ihrer blauen Kinderaugen wurde schlagartig kalt, geradezu haßerfüllt und Frank fragte sich, ob sie nicht gar lediglich farbige Kontaktlinsen trug. Schließlich sagte sie giftig: „Das ist hier keine Vernehmungszelle.“

„Ich bin kein Cop.“

Sie fuhr sich nervös mit der Zunge über die Lippen. „Ich habe meine Aussage bereits gemacht.“

Frank versuchte, ihren Blick einzufangen. Sie schien entschlossen, ihm nicht in die Augen zu schauen. „Ich könnte vielleicht herauskriegen, wer sie umgebracht hat.“

„So?“ Diesmal trafen sich ihre Blicke. Ihre trotzige Stimme bekam einen fast flehenden Unterton. „Wie?“

Frank neigte den Kopf ein wenig. „Erzählen Sie mir von ihr?“

Tuesday schlang die Arme noch ein wenig fester um ihren Oberkörper. Ihr Blick schweifte durch den winzigen Innenraum ihrer Kabine, als könne sie dort vielleicht irgend jemanden finden, der für sie antwortete. Doch schließlich begann sie zu reden.

„Sie hieß Calamity. Sie hat nicht geklaut, nahm keine Drogen, hat nicht mal geraucht. Sie hat für Geld getanzt, um ihre Kleine durchzubringen. Sonst gibt es nicht viel, was man wissen müßte“, schloß sie traurig.

„Hatte sie Fans? Irgendwelche Freaks vielleicht?“

Ein Glitzern trat in Tuesdays Augen. „Falls Sie's noch nicht bemerkt haben, das Publikum hier ist nicht gerade ein Muster an moralischer Rechtschaffenheit“, sagte sie trocken. „Die Typen würden vielleicht applaudieren, aber dazu braucht man beide Hände.“

Frank warf ihr ein mattes Lächeln zu: *touché*. Erneut erwiderte Tuesday für einen kurzen Moment seinen Blick, und er konnte alles sehen in ihren müden Augen: die Vorstadt und den Vater, vor denen sie nach Seattle geflüchtet war, die dürftig bezahlten Videojobs, das Einzimmer-Apartment, das sie sich mit zwei anderen Mädchen teilen mußte, damit genügend Geld übrig war, um aufs Gemeindecollege gehen zu können. Noch einen Augenblick, und er würde vielleicht sogar ihren richtigen Namen erraten können.

„Haben Sie an dem Abend, an dem sie ermordet wurde, irgend jemanden hier gesehen?“ fragte er behutsam. „Jemand, der ihr nach Hause gefolgt sein könnte?“

„Ich habe vor langer Zeit damit aufgehört, mir ihre Gesichter anzusehen.“

Er bemühte sich, die Ungeduld aus seiner Stimme herauszuhalten. „Können Sie sich irgendeinen Grund vorstellen, warum jemand sie getötet haben könnte?“

„Einen Grund?“ Tuesday starrte ihn ungläubig an, dann wandte sie hastig den Blick zur Seite. „Männer brauchen keine *Gründe*.“ Ihre Stimme schwankte zwischen Wut und Angst, und er sah, daß sie gegen die Tränen ankämpfte. „Alles, was sie brauchen, ist ein Vorwand.“

Mitgefühl wallte in ihm auf. Er starrte zu Boden, wollte diese Frau nicht länger seinem forschenden Blick aussetzen; dann schaute er ein letztes Mal zu ihr auf, bevor er sich zum Gehen anschickte.

Sie steht in Flammen. Das Feuer züngelt um ihre Brüste, ihr Oberteil ist zu schwarzer Asche verkohlt, ihr Haar lodert und kräuselt sich wie geschmolzener Draht. Ihr Mund ist weit aufgerissen, aber kein Laut dringt heraus, nur ein Strom von Blut, der in Dampf und Qualm aufgeht, während sie sich im Innern des Infernos krampfartig windet. Blut schwappt und spritzt gegen ihre Schenkel und Hüften, regnet auf ihre Schultern und klatscht in ihr Gesicht.

Frank keuchte auf und machte unwillkürlich eine Bewegung auf sie zu.

Dann war es fort. Keine Flammen mehr, kein Blut, nur eine erschöpfte junge Frau mit abgeblättertem Nagellack und Schweißflekken an den Rändern ihres Oberteils. Frank starrte sie an. Nach einem kurzen Moment nickte er, zog einen weiteren Geldschein aus seiner Brieftasche und stopfte ihn in den Geldschlitz.

„Es tut mir leid. Danke für Ihre Zeit." Er war schon auf dem Weg zur Tür, als Tuesdays Stimme ihn innehalten ließ.

„Es gibt da einen Typ." Ihre Stimme klang resigniert, aber in ihren Augen glaubte er eine Spur von widerstrebender Dankbarkeit zu erkennen. „Er hält Gedichte ans Fenster."

„Was für Gedichte?"

Sie schüttelte den Kopf. „Keine Ahnung. Es ist Französisch. Wir nennen ihn deshalb den Franzosen."

„Hat er schon einmal eine von Ihnen angesprochen?"

„Nein, aber er hat Calamity für eine Privat-Session gebucht."

Frank nickte, bemüht, seiner Stimme einen

gelassenen Klang zu geben. „Gibt es hier drinnen eine Kamera?“

Sie zögerte. Videoüberwachung war natürlich illegal, aber er wußte, daß viele Clubs trotzdem von dieser Sicherheitsmaßnahme Gebrauch machten. Bevor er nachfragen konnte, trat Tuesday einen Schritt zurück. Sie hob das Kinn, und ihre Augen zwinkerten kaum wahrnehmbar in Richtung einer Stelle oberhalb von Franks Kopf.

„Verraten Sie bloß niemandem, daß ich Ihnen das gesagt habe“, sagte sie leise. Er sah nach oben und entdeckte den winzigen roten Lichtpunkt, der in der hintersten Ecke der Privatkabine glomm.

Bingo, dachte Frank. Er sah Tuesday an, gestattete sich ein kurzes Lächeln des Danks. Sie erwiderte seinen Blick. Ihr Gesichtsausdruck war unergründlich. Einen Augenblick später glitt der schwere Samtvorhang zurück vor das Fenster, und er war wieder allein.

7

Es wird Nacht; aber eigentlich ist immer Nacht, für ihn ist es immer dunkel. Regen perlt über die Windschutzscheibe, und von Ferne hört er ein rauhes Murmeln, wie von Wellen oder Donner. Er fährt über die Brücke, gegen den Verkehrsstrom, der sich in die Stadt hinter ihm bewegt. Er kann sie im Rückspiegel sehen, ein Gefunkel aus Grün und Rot und Gelb und Weiß vor der Dunkelheit, die Skyline glitzert wie ein umgestürzter Christbaum, die Lichter rings um den Puget Sound sind zu einzelnen Punkten verstreut. Die Leute klagen über die Lichter, sagen, sie ruinieren den Himmel, machen es unmöglich, die Sterne zu sehen – als ob es in dieser Stadt mit ihrem endlosen Regen jemals möglich gewesen wäre, die Sterne zu sehen – die Leute sagen, sie entweihen die Nacht und vertreiben die Dunkelheit.

Aber der Mann, den Tuesday den Franzosen genannt hatte, weiß, daß das purer Unsinn ist. Er weiß, daß es niemals genügend Lichter auf Erden gibt, um diese Dunkelheit zu vertreiben. Nicht jetzt.

Nicht heute nacht.

Vor ihm führt eine Ausfahrt hinunter auf eine wenig benutzte Straße, die parallel zu den verwilderteren Gebieten des Volunteer Parks verläuft. Er biegt ab, und für einige Minuten hört er nur das Geräusch der Scheibenwischer und seinen eigenen Atem, eine Wand zwischen ihm und der Nacht. Die Fahrbahn auf diesem Stück ist in schlechtem Zustand, der Asphalt ist brüchig, der Randstreifen abgenutzt und vom Regen ausgewaschen bis hinunter auf den nackten Stein und Lehm. Kränkliches Gestrüpp weicht spärlicher Bewaldung, die durchfurcht ist von Trampelpfaden. Selbst im Innern des Wagens kann er die feuchte Erde und das modrige Laub riechen, den leicht salzigen Geruch des Regens, der durch die Risse und Rillen im aufgebrochenen Asphalt dahinrinnt. Er fährt vorsichtig, langsam, sagt sich, er tue dies der schlechten Fahrbahn wegen und um nicht zu riskieren, womöglich noch eine Radkappe zu verlieren. Er sagt sich, er fahre deshalb so langsam, weil er keine Eile hat, nach Hause zu kommen. Er sagt sich viele Dinge, und seine Hände klammern sich fest, sehr fest um das Lenkrad.

Es kommt eine Stelle, wo die Straße eine Kurve macht, wo für einen letzten kurzen Moment die Nacht in schlichte Dunkelheit übergeht. Sein Herz beginnt zu klopfen. Nicht schnell, aber stark genug, daß es sich anfühlt, als stieße ihm jemand die Faust gegen die Brust. Er holt tief Luft, kämpft gegen etwas an, das sich anfühlt wie aufsteigende Panik, aber er weiß, es ist etwas anderes, er weiß, daß es einen Namen hat, aber er kann ihn nicht hören: da ist wieder die Wand, und er wird niemals hören, was sie dahinter sagen, wie sie ... es nennen, wie sie ... ihn nennen würden, wenn sie wüßten ... Sein Atem wird schwerer, heftiger, und er kämpft dagegen an, kämpft darum, daß seine Hände das Lenkrad auch weiterhin fest umklammert halten. Diesmal wird er nicht anhalten. Diesmal wird er weiterfahren, wird er das Gaspedal durchtreten, und die dunkle Limousine wird erst anhalten, wenn er zu Hause ist.

Er nimmt die Kurve, und da liegt es vor ihm, das Stück Straße. Doch die Dunkelheit ist jetzt besudelt von den ersten roten Schlußlichtern, die ihn beobachten. Sein Fuß schwebt über dem Gaspedal, und die Limousine gleitet weiter, Regen versilbert die Windschutzscheibe, die Straße unter ihm ist jetzt wie Wasser, und er bewegt sich lautlos vorwärts, er befindet sich diesseits der Wand, und sie können ihn nicht hören. Abgaswolken steigen auf von dem zerborstenen Asphalt; er zieht die Baseballmütze ein Stück tiefer in die Stirn, als könne ihn dies vor den giftigen Dämpfen schützen. In der Ferne erhebt sich die Brücke, die er eben überquert hat. Ihre riesigen Stützpfeiler sind von Schatten und Bäumen verschlungen, ihre Spanne verliert sich in Nebelschleiern. Sein Atem wird schneller ob dieses Anblicks: er blinzelt, lokkert für einen kurzen Moment den Griff um das Steuer, während er darum ringt, die Wand an Ort und Stelle zu halten, während er darum ringt, nicht zu sehen, was sich da in der Dunkelheit bewegt. Er wird nicht dorthin gehen, wird nicht dorthin gehen ...

Für den Moment hält die Wand.

Auf dem rechten Randstreifen tauchen Autos aus dem Nebel auf. Einige von ihnen sind leer. Viele jedoch nicht: er kann die Silhouetten von Menschen sehen, die sich unterhalten, sich umarmen, und manchmal taucht der widerwärtige Umriß eines Kopfes auf, der sich ruckartig auf und ab bewegt. Sein Atmen wird lauter; das Herz in seiner Brust schmerzt, als hätte ihm jemand ein Messer hineingestoßen, als ob sie mit Steinen nach ihm werfen. Er öffnet den Mund und keucht; die angestaute Luft gefriert zu einem lautlosen Heulen. Weil die Wand jetzt zerbröckelt.

Er kann es fühlen: Brocken von Dunkelheit, die gegen seine Brust krachen, und den Geschmack, den die Auflösung in seinem Mund hinterläßt: als bisse er so fest in Metall, daß sein Zahnfleisch blutet. Draußen bewegen sich Schattengestalten langsam durch den Nebel. Er hört das dumpfe Geräusch von Autotüren, die geöffnet und wieder zugeschlagen werden. Er schüttelt den Kopf; von wilder Panik erfüllt, versucht er das Gaspedal zu finden, aber sein Fuß ist taub, er ist außerstande, das Lenkrad unter seinen Händen zu spüren, oder zu fühlen, wie sein Herz klopft oder wie die Luft in seiner Kehle pfeift – weil es das ist, was die Wand tut, wenn sie zerfällt: ihr Gewicht zermalmt dich, und wie kannst du da irgend etwas fühlen, wie kannst du erwarten, daß ein Mensch überhaupt irgend etwas fühlen kann, unter diesem fürchterlichen Gewicht?

„Hey . . .“

Die Stimme hallt heiser an sein Ohr, für einen Sekundenbruchteil sieht er ein weißes Gesicht, das sich ihm zuwendet, als er vorbeifährt. Mit einem erstickten Aufschrei schaut er weg und lehnt sich hart gegen das Lenkrad in dem verzweifelten Versuch, sich dazu zu zwingen, es zu spüren. Weil er vorhat, direkt nach Hause zu fahren. Ist er falsch abgebogen, hat er eine Abkürzung genommen? Er ist bloß hierhergekommen, um zu schauen ...

So fängt es immer an. Und der Geschmack in seinem Mund, als er den Wagen auf Schritttempo herunterbremst und sich – zum ersten Mal – ganz langsam und bedächtig umdreht, um die Gestalten in Augenschein zu nehmen, die sich zwischen den Bäumen herbewegen – er kennt den Geschmack von Blut und Erde und Sperma, der Geschmack von Stein, wo die Wand nachgibt – auch so fängt es an.

Und so endet es immer.

Er parkt ein Stück von den anderen Autos entfernt, doch nicht so weit entfernt, daß es auffällig wirken würde. Schon bald werden andere Autos neben seinem stehen. Ein paar Minuten lang sitzt er dort in der Dunkelheit. Er kann den Wind hören, kann ihn leise heulen hören an der Stelle, wo sein Seitenfenster einen Spaltbreit geöffnet ist. Er kann das Rascheln der Zweige hören und leises Lachen vom Rande des Waldes. Ein weiteres Auto hält neben seinem, lange genug, daß er die hellen Konturen eines Gesichts hinter dem Glas der Scheibe sehen kann, die fragenden Augen. Er saugt den Atem ein und schaut weg, blickt starr in den Rückspiegel, sieht nichts. Einen Augenblick später fährt das

Auto wieder weg. Er wartet, bis es außer Sicht ist, zieht sich die Baseballmütze noch ein Stück tiefer ins Gesicht. Dann steigt er aus und steuert auf den Wald zu.

Stimmengemurmel, totes Laub, ferne Geräusche von Verkehr. Der Boden unter seinen Füßen ist schwammig. Jeder Schritt setzt irgend etwas aus der Erde frei: Fäulnisgase, den Geruch von Verfall; bläßliche Pilze ragen wie Fingerkuppen aus dem Moder. Die Luft, die über sein Gesicht streicht, fühlt sich zäh an und trägt den Geruch von verdorbenem Fleisch. Er blinzelt, müht sich, durch einen Nebel hindurchzusehen, der die Konsistenz dicker Flüssigkeit besitzt, grau und zerrissen von dunklen Spalten und Rissen, schwarz und umbra und dunkelrot wie die Kruste, die sich auf einer Wunde gebildet hat. Die Bäume bewegen sich langsam in einer Brise, die nach Ammoniak und Formaldehyd riecht. Ihre Äste schreiben Wörter in die Luft, und seine Augen werden feucht, als er sie liest. Seine Lippen bewegen sich, aber er spricht die Worte nicht laut aus –

's ist nun die Geisterstunde der Nacht
Wo Kirchhöfe gähnen und die Hölle
selbst ausatmet Krankheit und Seuche
über diese Welt . . .

Jetzt sind sie da, er kann sie sehen, wie sie zwischen ausgedörrten jungen Bäumen am Fuß der Brücke wandeln. Nebelschwaden wallen um ihre Beine. Ihre Augen sind wie ausgebrannte Kerzen, schwarz und rotgerändert, die Gesichter mit Erde befleckt und überzogen vom zarten Flechtwerk des Verfalls: Fleisch schält sich ab zu blutigem Spitzengewebe, winzige Kreaturen krabbeln über ihre Wangen. Die Münder sind zugenäht, pechschwarz heben sich die Fäden gegen die blutleere Haut ab. Bei manchen sind auch die Augen zugenäht; die Nähte sind straff gespannt, wo sie verzweifelt versuchen, die Lider zu öffnen. Mit ausgestreckten Armen taumeln sie blind durch den Wald. Rhododendren zerkratzen ihre Körper, Blätter klatschen gegen entblößte Sehnen, gegen den schwarzen Stumpf eines Armes, dem die Hand abgetrennt worden ist. Trotz ihrer versiegelten Münder kann er sie hören, ihr Schluchzen, als sie auf die Knie fallen und dort auf der rauhen, kalten Erde kopulieren, augenlos, mundlos, stoßend und schiebend wie Maden, die sich ins Erdreich winden. Dort, wo sie liegen, schlagen Flammen aus der Erde und umzüngeln ihre Leiber: aber die Körper koitieren weiter, ungeachtet des Feuers. Er bleibt stehen, klammert sich schwer atmend an einen

Baum und versucht verzweifelt, sie nicht zu hören oder zu sehen, versucht verzweifelt, die Wand zu erkennen, die Wand zwischen ihm und den toten, sich windenden Leibern unter der Brücke.

Und langsam, ganz allmählich, funktioniert es. Stein für Stein, Schatten für Schatten, ersteht die Wand wieder vor ihm. Die Flammen, die an seinen Augenwinkeln lekken, sinken in sich zusammen und erlöschen; die beinlosen Gestalten, die sich auf dem Boden wälzen, entschwinden und werden zu Felsen und Baumgruppen. Auch die wispernden Stimmen verschwinden, wenngleich er weiß, daß sie noch immer da sind; genauso wie er weiß, daß die Menschen immer noch da sind und schnellen Schritts die ausgetretenen Pfade entlanggehen, die unter der Brücke herführen. Aber für den Moment kann er sie nicht sehen, für den Moment hält die Wand. Er macht kehrt und stolpert zu seinem Wagen zurück, achtlos durch das Gestrüpp brechend und Steine aufwirbelnd. Er nimmt verschwommen wahr, daß sich verblüffte Gesichter von ihm abwenden, und einmal greift eine vorsichtige Hand nach seiner. Er hört die leise Ermahnung, „Hey du, *chill man*, es ist okay, es ist alles okay –“ Und dann einen leisen Pfiff, und eine Stimme, die sagt: „Sieht aus, als hätte er einen Geist gesehen –“

– und dann ist er wieder auf der Straße. Er spürt den bröckligen Asphalt unter seinen Schuhen, und der Wald weicht hinter ihm zurück und verschwindet wieder in seliger Dunkelheit. Ein paar Meter vor ihm steht sein Wagen: er kann ihn erreichen, einsteigen, den Zündschlüssel betätigen, das Lenkrad herumdrehen, sich abwenden von alldem, und in einer Stunde wird er zu Hause sein, und es wird nie wieder passieren, es wird vorbei sein, endlich wird alles vorbei sein . . .

Er erreicht den Wagen. Entriegelt ihn, steigt ein, knallt die Tür zu. Das Herz rast ihm in der Brust, sein Atem kommt hastig und flach. Ekel schüttelt ihn. Er wird gleich ohnmächtig werden. Er lehnt sich vornüber, bis seine Stirn das Lenkrad berührt, sitzt da und holt tief Luft, zwingt sich, langsam auszuatmen, damit die Wand nicht wieder zerbröckelt. Nach ein paar Minuten wird sein Atem ruhiger, gleichmäßiger; sein Herz pocht immer noch, aber er kann die Pausen zwischen jedem einzelnen Schlag zählen; es geht wieder besser. Vorsichtig hebt er die Hände, legt sie auf das Lenkrad und denkt: *Ich kann es, ich kann es, es ist Zeit zu fahren* – als plötzlich jemand an das Fenster klopft.

Er fährt hoch, zuckt so heftig zurück, daß er mit den Knien unter das Lenkrad knallt. Wieder klopft es, nachdrücklicher diesmal. Er dreht sich ganz langsam zur Seite und starrt auf das Beifahrerfenster. Es umrahmt das Gesicht eines jungen Mannes: dunkles kurzgeschnittenes Haar und ein lässig aufgeknöpftes Flanellhemd unter einer regennassen Wildlederjacke. Der junge Mann legt den Kopf schief und starrt ihn an. Nach einem Moment lächelt er zögernd: ein beruhigendes Lächeln. *Hey,* chill man, *es ist okay, es ist okay ...*

Der Franzose starrt zurück. Er vernimmt ein leises Donnern, das Donnern von Steinen, die aus unvorstellbarer Höhe herabfallen. Zwischen ihm und dem Fenster blühen kleine Flecken von Dunkelheit auf, und in einem davon sieht er das Gesicht des jungen Mannes. Er lächelt nicht mehr – wegen dem, was da zwischen seinen Lippen ist, die Augen blicken nicht mehr auf den Mann im Wagen, weil die Lider mit Katzendarm zugenäht sind. Von der Vorderseite seiner Wildlederjacke perlt Blut in winzigen Tropfen herab; sie formen Rinnsale, die an seiner Brust zusammenlaufen und in den Ausschnitt seines Flanellhemdes, bis es blutdurchtränkt ist.

Von ganz weit weg hört er ein Geräusch, das knarrende Geräusch der Beifahrertür, die aufgeht und dann wieder zugeknallt wird. Der Donner ist jetzt ohrenbetäubend. Es ist das Geräusch der Wand, die zusammenbricht, es ist das Geräusch von Wellen, die an einen Strand branden, das Geräusch der karmesinroten Flutwelle, die immer höher steigt, immer stärker anschwillt, bis die Stadt unter ihr ertrinkt. Es ist das Geräusch des Weltenendes, verbunden nicht mit einem Knall, nicht mit einem Winseln, sondern mit dem dumpfen Röhren eines Automotors, der hochgedreht wird, dem Knirschen von Kies unter den Rädern, während die Scheinwerfer durch den Nebel schneiden und die dunkle Limousine sich von der Brücke entfernt.

8

Der Himmel ist voller kleiner Löcher. In ihnen kann er die Sterne sehen, wie die prachtvolle Reflexion einer darunter blitzenden Skyline. Er fühlt sich jetzt absolut ausgeglichen, Seele und Körper entleert; die Wand ist nur noch etwas, das ab und zu in seinen Träumen erscheint – nicht mehr. Er ist ein Mann, der in einer großen Stadt am Meer lebt, ein Mann mit einem festen Job und einem Heim und einer Mutter, die ihn liebt, ein Mann, der eine Aufgabe zu erfüllen hat. Er fährt im Dunkeln über eine Straße, sein Wagen rumpelt über Steine und Gullydeckel. Als er anhält und die Tür öffnet, riecht die Luft süß und rein, gereinigt vom Gestank der Erde, des Schweißes und der Verwesung: Sie duftet nach Frieden. Sie riecht wie das Meer. Für einen Augenblick bleibt er stehen, nur um einzuatmen. Er denkt *Ich liebe diese Stadt*; er denkt darüber nach, wie gut es ist, das zu beschützen, was man liebt. Aus weiter Ferne ist das Säuseln des Straßenlärms zu hören und das Signalhorn einer Autofähre, die gerade die Anlegestelle erreicht, die ein kleines Stück nördlich vom Pioneer Square liegt. Er liebt diese Geräuschkulisse, zumindest in diesem Moment. Wieder einmal ist die Welt so, daß er in ihr zu leben vermag.

Er geht zur Beifahrerseite des Wagens und öffnet die Tür. Im Innern bewegt sich etwas, und er erstarrt für einen Moment: eine menschliche Leiche, die mit einer exquisit langsamen Bewegung aus dem Beifahrersitz gleitet und jetzt vor seinen Füßen auf dem Boden liegt. Ihre Haltung wirkt unnatürlich, ein Arm ragt in die Luft, gestützt von der geöffneten Tür. Die geöffnete Hand verharrt dort für einen Moment, dann rutscht sie ab und hinterläßt auf der Türfüllung eine dunkle Spur, fast wie der Schleim einer Schnecke. Der Franzose läßt sie gewähren, bevor er sich hinunterbeugt und die Leiche an den Fesseln ergreift, um sie zur Hinterseite des Wagens zu schleifen. Seine Hände sind von Latexhandschuhen bedeckt, durch die er die Knöchel des jungen Mannes spürt und auch die Säume seiner Schuhe. Während er die Leiche weiterzerrt, blickt er teilnahmslos in das verunstaltete Gesicht. Augen und Nase lassen sich nicht mehr ausmachen, darunter ein riesiger, verwüsteter Mund, eine Masse aus verfilztem Haar und Knochensplittern.

So sollt Ihr Euch nähren vom Tod,
der sich von Menschen nährt,
Und wenn der Tod nicht mehr ist,
hört auch das Sterben auf . . .

Als er die Rückseite des Wagens erreicht, läßt er die Leiche einfach fallen und schließt eilig den Kofferraum auf, der sorgfältig mit Plastikfolie ausgeschlagen wurde. Er bückt sich hebt die Leiche wieder an, grunzt leise, während er sie herumdreht, bis sie schließlich mit einem gedämpften Poltern auf den Boden des Kofferraums fällt. Für eine Weile starrt er auf sie herunter und zupft dabei geistesabwesend am Sonnenschirm seiner Baseballmütze, bevor er die Haube ins Schloß fallen läßt. Dann eilt er zur Vorderseite des Wagens, steigt ein und fährt davon. Der Sonnenaufgang ist nahe, und er hat zu tun.

Es ist eine große Aufgabe, im Angesicht des Weltunterganges eine sterbende Stadt von der Verdammnis zu erlösen.

9

Der Morgen kam glanzvoll wie ein Juwel, und sein Sonnenlicht verwandelte die schrägen Fenster von Franks Schlafzimmer in prachtvolle Prismen. Er lag am Rand des Bettes und betrachtete die regenbogenartigen Lichterscheinungen, die über den Boden flitzten, angetrieben von der sanften Brise, die durch die Bäume vor dem Fenster streifte. Neben ihm lag Catherine, die Steppdecke bis ans Kinn herangezogen, die Augen geschlossen, aber lächelnd: sie tat, als ob sie immer noch schlief. Vor ihm saß Jordan im Schneidersitz auf der Decke und studierte mit mißbilligendem Blick die Kleinanzeigen in der Zeitung des Vortages. Von draußen war das vertraute Geräusch von Fahrrädern zu hören, deren altmodische Klingeln ihn für einen Moment an den fröhlichen Gesang eines Vogels erinnerten. Dazwischen ertönte das Pfeifen einer Nachbarin, die gerade eine Hecke stutzte.

„Was ist ein Boxer?“

Frank hob seinen Blick und lächelte seine verwirrt dreinblickende Tochter an. „Ein großer Hund mit *so* einem Gesicht“, flüsterte er – ihre Suche nach einem Welpen war ein großes Geheimnis, von dem Catherine nichts erfahren durfte – und verzog dann sein Gesicht zu einer erstaunlich gelungenen Imitation eines ziemlich häßlichen Hündchens. Jordan begutachtete seine Grimasse mit gerunzelter Stirn und schüttelte schließlich ihren Kopf.

„Nicht gut“, sagte sie und vertiefte sich wieder in die Kleinanzeigen.

Catherines Grinsen wurde breiter. Sie schüttelte den Kopf – ob die beiden es wohl *jemals* schaffen würden, irgend etwas wirklich vor ihr geheimzuhalten? *Jemals?*

„Wie wäre es mit einem Basset?“ schlug sie vor.

Jordan starrte ihren Vater schuldbewußt an: *Oha!* Mama hatte es also mitbekommen. Trotzdem wartete sie geduldig ab, ob Dad nun etwas zum Thema Basset sagen würde.

„Auf keinen Fall“, meinte er grinsend, während er sich zurücklehnte, um seine Frau anzusehen. „In diesem Haus gibt’s schon genug große Ohren.“

Catherine richtete sich auf und warf ihm ihren besten Starke-Typen-Blick Marke „Edward G. Robinson“ zu. „Jetzt wissen wir endlich, warum Daddy aussieht wie ein Boxer.“

Jordan bekam einen Kicheranfall. Das Zeitungspapier wurde geräuschvoll zerknüllt, als ihre Mutter sie ergriff und in einer Umarmung an sich heranzog. „Was habt ihr beiden wieder ausgeheckt –“, begann sie, als die Morgenruhe vom schrillen Piepsen des Telefons unterbrochen wurde.

Frank ergriff den Hörer. „Hallo?“

„Frank.“ Die Stimme am anderen Ende klang hohl und verrauscht, offenbar ein Handy. „Hier ist Bobby Bletcher. Wir haben eine Leiche gefunden. Ich dachte, du möchtest vielleicht rüberkommen und dir das näher ansehen.“

In einer einzigen Bewegung glitt Frank aus dem Bett und saß nun auf der Kante neben dem Nachttisch. Er spürte, wie Catherines Blick ihn durchbohrte, als er mit leiser Stimme sagte: „Yeah. Geht klar.“

„An der 90, unten beim Snoqualmie.“ Bletchers Stimme versank zunehmend im Rauschen, während die Verbindung schwächer wurde. „Achte einfach auf den Zirkus –“

„Okay. Ich bin gleich bei euch!“ antwortete Frank. Die Verbindung brach ab, und er stand auf, während er den Hörer zurück auf den Apparat legte.

Catherine starrte ihn vom Bett aus neugierig an. „Wer war das?“

Es dauerte einen Augenblick, bis Frank

antwortete. „Bob Bletcher“, sagte er schließlich. „Er hat mich gebeten, mir etwas anzusehen.“

Catherine versuchte, ihrer Stimme einen neutralen Klang zu geben. „Was denn?“

„Es handelt sich nur um eine Gefälligkeit.“ Er drehte sich um und erfaßte ihre Augen mit einem eindringlichen Blick, während er leicht den Kopf schüttelte, um auf Jordans Anwesenheit hinzuweisen. Catherine biß sich auf die Unterlippe und nickte, während Frank seine Hand ausstreckte, um Jordans Haar zu zerzausen. „Wir machen später weiter, okay, *Sweetie*?“ meinte er und küßte sie auf die Stirn.

Jordan grinste. „Klar, Daddy.“

Für einen Moment stand er nur da und sah Jordan an. Er erinnerte sich daran zurück, wie er mit seiner Frau im Krankenhaus war, kurz nachdem die Wehen eingesetzt hatten: Die endlosen Stunden des Wartens, die mit einem Wunder endeten, mit dem Catherine und er niemals gerechnet hatten – ihre kleine Tochter, triumphierend von den Armen einer Hebamme gehalten, um Minuten später sanft in die Arme ihrer Mutter gelegt zu werden. Die Schwangerschaft war nicht unproblematisch verlaufen, aber nichts war schlimmer gewesen als die Jahre davor, in denen ein Spezialist nach dem anderen ihnen erklärt hatte, daß sie niemals Kinder bekommen würden, und diese Aussagen von den Resultaten zahlloser Tests untermauert wurden.

Und doch hatten sich die Spezialisten geirrt. Er sah Jordan zu, deren Köpfchen sich nun wieder nach unten neigte, um sich erneut in die Kleinanzeigen zu vertiefen. Die Ärzte hatten sich geirrt, und Jordan war der lebende Beweis: *Ihr* Wunder, *ihre* Chance eins zu einer Million, *ihr* Glückslos.

Und es gab nichts, was das rückgängig machen konnte. Nichts würde sie ihnen jemals wieder wegnehmen.

Er schüttelte blitzschnell seinen Kopf und zwinkerte, um sich der Welle tiefen Gefühls entgegenzustemmen, die ihn nun überkam. Er durchquerte den Raum und bückte sich, um die verstreuten Überreste der Zeitung einzusammeln, während er auf den Frisiertisch zuging. Mit einer Hand zog er die Schublade auf und durchwühlte sie nach Socken und Unterwäsche. Mit der anderen Hand legte er die Zeitung seitenweise auf dem Sekretär ab, bis ihm plötzlich die Headline ins Auge sprang.

MORD IM STRIPCLUB
TÄTER ENTKAM UNERKANNT

Darunter irgendein überbelichtetes Foto von Calamity und: „Die Obduktion ergab Hinweise, die möglicherweise auf einen farbigen Täter deuten ...“

Rasch sammelte er seine Kleidungsstücke zusammen und klemmte sich die Zeitung unter den Arm. „Bin zum Abendbrot wieder da“, rief er über seine Schulter hinweg, bevor er ins Badezimmer eilte, um sich anzuziehen.

10

Er fuhr auf der Interstate 90 in östlicher Richtung auf den Snoqualmie River zu. *Wenn Sie dem Lauf des Flusses in nördlicher Richtung folgen, also auf die Kaskaden zu, erreichen Sie die Snoqualmie-Falls, ein spektakuläres Crescendo weißen Wassers, wo sich auch die berühmte Hütte befindet, die hoch über dem eiskühlen, mit Regenbogen gekrönten Sprühnebel thront. Würden Sie dem Flußlauf weiter folgen, könnten Sie auf diese Weise den gesamten Bundesstaat durchqueren . . .* Aber Frank mußte nicht so weit fahren, jedenfalls nicht heute.

Es war ziemlich einfach, den Tatort zu finden. Ungefähr 20 Meilen außerhalb der City parkten einige Polizei- und Krankenwagen auf der verdorrten Grasnabe jenseits der Standspur. Dahinter fiel das öde Brachland zum Flußbett hin ab, durchbrochen von einzelnen dünnen Grüppchen von Birken und jungen Eichen, die ihre grauen, blattlosen Äste mürrisch einem düsteren Himmel entgegenkrallten, der aussah wie von Schießpulver versengt.

Frank parkte seinen Cherokee am Ende der Straße und machte sich daran, den Hang hinaufzusteigen. Gefrorenes Moos knirschte unter seinen Sohlen, auf den toten Blättern und Baumstümpfen war der matte Glanz von Reif zu sehen. Dort, wo die Hügel ausliefen, um in das Flußbett überzugehen, durchkämmten einige uniformierte Polizisten und Bergungsteams das überfrorene Gelände. Dazu ertönte das Dröhnen eines Hubschraubers, der sich außerhalb seiner Sichtweite befand. Das Zwitschern von Handfunkgeräten und Mobiltelefonen war zu hören, in unregelmäßigen Abständen durchbrochen von den krachenden Funkmeldungen des Hubschraubers, dazwischen gedämpfte Gesprächsfetzen und gebrüllte Kommandos, vermischt mit dem Winseln und Bellen der Mitarbeiter des K-9-Korps, die aufgeregt an ihren Leinen zerrten. Frank nahm das alles in sich auf, und bevor er den Hügel hinuntersteigen konnte, kam ihm bereits von unten ein Polizist schnaufend entgegen.

„*Sorry*, Sir! Sie befinden sich auf Sperrgebiet, Zugang nur für autori . . .“

„Schon gut, Officer“, erhob sich Bletchers Stimme über den Tumult. „Ich habe den Mann angefordert –“

Der Polizist wandte sich ab, während Bletcher auf Frank zuging. „Sieht so aus, als ob es etwas voreilig von mir war, dich aus dem Bett zu holen.“ Bletcher deutete Frank mit einer Kopfbewegung an, ihm den Hügel hinunterzufolgen.

„Was liegt an?“

„Eine Leiche. Männlich.“ Bletcher betonte das letzte Wort und schielte Frank von der Seite an, bevor er hinzufügte: „War so verkohlt, daß wir es zuerst gar nicht feststellen konnten.“

Frank zögerte und starrte zu der kleinen Gruppe von uniformierten Polizisten und Zivilfahndern hinunter, die sich in einem unregelmäßigen Kreis um eine Plane versammelt hatten. „Die Leiche wurde verbrannt?“

Bletcher nickte und trommelte nervös mit den Fingern auf dem an seinem Gürtel befestigten Handfunkgerät herum. All die Jahre, in denen er mit solchen Dingen zu tun hatte, hatten dafür gesorgt, daß seine Stimme frei von jeglichen Emotionen war, wenn es um den Horror seines Berufsalltags ging. Aber die Abscheu, die er empfand, konnte er nicht so leicht verbergen. „Entweder bevor er sie enthauptete, oder auch danach. Das können wir noch nicht genau sagen.“

Frank sah ihn an, studierte die tiefen Furchen um Bletchers Mund und die düsteren

Schatten unter seinen Augen. Dann wandte er seine Aufmerksamkeit wieder der Gruppe zu, die sich am Fuß des Hügels versammelt hatte. Er erkannte Giebelhouse und die anderen Detectives aus Bletchers Abteilung. Als ihr Boss mit Frank näherkam, wurden sie plötzlich still und starrten den Neuankömmling mit kalten Augen an. Leichen und Gewalt, damit mußten sie sich in diesem Job abfinden. Nicht aber mit naseweisen Eindringlingen.

Frank ging an ihnen vorbei, ohne ihre eisigen Mienen zur Kenntnis zu nehmen. Die zynische Demonstration professionellen Neides prallte auf seine echte Neugierde. Frank ignorierte sie und starrte wie gebannt auf die Leiche unter der Plane.

„Wurde sie berührt oder bewegt?“ fragte er.

Bletcher schüttelte den Kopf. Aus seinem Handfunkgerät ertönte ein Krachen, worauf er die Lautstärke herunterdrehte. „Nein.“

Frank wandte den Kopf, um an dem Kreis dunkel gekleideter Männer vorbeizusehen. Sein Blick flackerte von einem Strauch zum nächsten, verfolgte dann einen ausgewaschenen Abwasserkanal und fiel schließlich auf einige am Stumpf eines gefällten Baumriesen aufgetürmte Steine.

Am Rande seines Gesichtsfeldes pulsierten

schemenhafte Phantome, tauchten auf und verschwanden wieder, wie, um ihn zu necken.

„Wer immer ihn umgebracht hat, er hat es woanders getan und ihn danach hier raus gebracht“, fuhr Bletcher fort. „Er muß dort oben auf der Straße geparkt und die Leiche dann den Hügel hinuntergestoßen haben.“

Frank nickte, ohne ihm richtig zuzuhören. In einigen Metern Entfernung stand Giebelhouse, der nun seinen Kopf hob und in hämischem Tonfall rief: „Vielleicht wollen Sie mal einen Blick auf die Leiche werfen.“

Franks Augen zogen sich zusammen, um einen bestimmten Punkt zwischen einigen dürren Setzlingen zu fixieren. „Nein, ist schon okay“, sagte er, um sich dann ohne jede Vorwarnung in Bewegung zu setzen und auf das Wäldchen zuzutrotten.

„Frank –“, rief Bletcher.

Frank schwieg. *Er bewegt sich wie in Trance, spürt nicht, wie die Zweige auf seine Hände und in sein Gesicht peitschen, ignoriert die eisige Feuchtigkeit, die in seine Schuhe kriecht. Die sanft pulsierenden Phantome überschwemmen nun sein gesamtes Blickfeld. In seinem Mund verspürt er den Geschmack von Blut und Schmutz, ein weiches, feuchtes Klümpchen, wie ein Stückchen von einem zerfetzten Papiertaschentuch. Der zinnfarbene Himmel erbleicht zu Silber. Am östlichen Horizont erscheint ein fleischfarbenes Glühen. Die Morgenröte; aber das Glühen wird zu schnell zu hell, das ist nicht die Morgenröte, es sind Flammen. Zwischen den Bäumen taumelt eine Gestalt hervor, schwarz und sich windend wie eine in der Flamme einer Kerze vergehende Eintagsfliege, Flammen lodern aus den herumrudernden Armen und dem Kopf empor. Frank zieht die Luft scharf ein, fast verschlägt ihm der scharfe Gestank brennenden Haares und verbrannten Fleisches den Atem. Eine unmenschliche Stimme kreischt, fast übertönt das Prasseln des Feuers die gequälten Laute, das lallende Stöhnen von jemandem, der zu schreien versucht, während seine Zunge zu Asche verglüht. Um ihn herum verschmilzt die Landschaft zu einem Inferno aus Schwarz und Feuerrot, während Bäume und Büsche in Flammen aufgehen.*

Schattenhafte Silhouetten schleppen sich mühselig über den Boden, augenlos, mundlos. Ihm wird übel vom Gestank des Brandes, er möchte seine Augen abwenden, aber er schafft es nicht: Der brennende Mann läuft auf ihn zu, Funken und Ascheflocken lösen sich von ihm, sprühen hektisch fort wie Glühwürmchen. In dem Inferno, das einmal sein Gesicht war, er-

kennt Frank seine Augen, zwei Reihen kleiner X-förmiger, von Rot durchbrochene Nähte, und darunter der verkohlende Horror, der einmal sein Mund war, umsäumt von brennenden Fäden.

„Frank ..." Bletchers Stimme pflanzte sich fort wie ein Lichtstrahl durch die Dunkelheit. „Kannst du ..."

Frank sagte nichts, *weil er nun eine weitere Gestalt sieht, die sich halb hinter zwei Bäumen versteckt. Eine Hand hängt leblos an der Seite herunter... ein Mann in Jeans und einer dunklen Jacke, sein Gesicht wird von einer Baseballmütze verdeckt.*

„Frank?"

„Es ist derselbe Mörder."

Frank blinzelte und beobachtete Bletchers verwirrtes Gesicht. „Hier ist es geschehen." Während er sprach, löste sich die Vision auf. Der Brandgestank wich dem eiskalten Dunst des auf die Steine prasselnden Regens, während die grauenhaften Schreie im Geräusch des Suchhubschraubers unterzugehen schienen, der sich nun direkt über ihnen befand. Frank atmete schnell ein und aus, als ob er die Luft prüfen wollte, und blickte dann auf den Boden. „Das Opfer wurde hier im Wald angezündet." Er setzte sich in Bewegung, wurde schneller, trat die Blätter zur

Seite, während er den Hügel hinuntereilte, um nach Brandspuren zu suchen – verbrannte Blätter oder Reste von Kleidungsstücken, weiße Asche. „Wie weit ist es bis zum Fluß?" rief er Bletcher zu.

Der Chief Detective folgte ihm. „Eine Viertelmeile."

Franks Stimme erhob sich deutlich über den Lärm des Hubschraubers. „Aus dieser Richtung sind sie gekommen."

Bletcher blieb stehen und starrte ihm nach.

„Was glaubt dieser Typ eigentlich, wer er ist?" nörgelte einer der Detectives laut. „Sherlock Holmes?"

„Keine Ahnung", murmelte Bletcher. „Ich denke, wir werden's rausfinden."

Er rannte den Hügel hinunter, um Frank einzuholen. Hinter sich hörte er, wie seine Männer debattierten und sich dann nach einigen Zurufen ebenfalls in Bewegung setzten. Es krachte aus seinem Handfunkgerät und dann war eine verrauschte Stimme zu hören: eine Meldung vom Hubschrauber.

„Mobil 1 an Basis. Ja, wir haben eine Sichtung, könnte möglicherweise was sein, unten am Fluß."

„Na denn", meinte Bletcher grimmig und setzte sich wieder in Bewegung.

Er fand Frank in der Nähe des Flußufers.

Der dicke Blätter-Teppich war aufgescharrt: dazwischen fußförmige Abdrücke und darunter, im schwarzen Humus, auch einige deutlichere Fußspuren. Etwas weiter entfernt waren die Anzeichen eines Handgemenges zu sehen – umgedrehte Steine, zertretene Pilze und noch mehr aufgewühltes Laub. Frank stand mittendrin und begutachtete den Boden und die umliegenden Büsche.

„Sie waren hier unten“, sagte er.

Bletcher kam leicht keuchend bei ihm an. „Aber was haben die beiden hier gemacht?“

Ein Stirnrunzeln auf dem hageren Gesicht des anderen Mannes. „Bin mir da nicht so sicher.“

Bletcher zuckte die Achseln. „Dann frage ich mich nur –“

„HIER DRÜBEN!“

Die Köpfe beider Männer flogen herum: Hinter einer Gruppe von Birken standen Giebelhouse und Detective Kamm, die ihnen mit eindringlichen Gesten bedeuteten, herüberzukommen. Zu ihren Füßen harkten zwei uniformierte Polizisten hektisch die Laubdecke auf. Frank spurtete auf sie zu, Bletcher folgte direkt an seiner Seite.

„Das ist es wohl“, meinte einer der Polizisten, bevor ihm ein Fluch entfuhr. Frank und Bletcher stellten sich neben den Detectives auf, um zu sehen, was die Uniformierten dort entdeckt hatten.

Es war ein Sarg. Zusammengezimmert aus unbehandelten Holzlatten, aus denen sich feine Büschel von Splittern an den Stellen emporreckten, in die jemand mit aller Hast Nägel eingeschlagen hatte. In den Deckel waren ungelenke Buchstaben – ein Wort – eingeritzt:

PESTE

Frank sah zu, wie die Männer das Laub beiseite scharrten und hektisch nach dem Rand des Deckels suchten. Der Geruch von Moder wurde stärker, und er schüttelte seinen Kopf. Sein Hals tat weh, auch seine Augen. Die gewohnte Wärme in seinem Nacken war verschwunden, er fühlte sich, als würde er in einem Eisklotz stecken.

„Er ist leer“, sagte er mit matter Stimme.

Im gleichen Moment ertönte der Ruf eines der Polizisten, der endlich den Rand der vergrabenen Kiste ertastet hatte. Dann war das Quietschen der Nägel und des nachgebenden Holzes zu hören, als sie den Deckel des Sarges aufstemmten. Und sie fanden – nichts. Einige verdorrte Blätter flatterten dem Boden des Sarges entgegen, während die Polizisten daneben knieten und hineinstarrten. Absolut nichts, bis auf einen rostfarbigen Fleck in einer der Ecken.

„Seht mal.“ Einer der Polizisten deutete auf die Innenseite des Deckels. Die anderen starrten wortlos auf das, was dort zu sehen war. Eine Reihe unregelmäßiger Kratzer waren in das Holz eingegraben, durchsetzt mit rotbraunen Spuren: Anzeichen dafür, daß jemand versucht hatte, sich aus diesem Gefängnis zu befreien.

„Scheiße!“ fluchte Bletcher leise. Als er sich wieder aufrichtete, sah er, wie Frank sich von ihnen entfernte. Ohne auf die anderen zu achten, eilte Bletcher ihm nach, bis er ihn erreicht hatte.

„Ich glaube, daß wir uns einmal unterhalten müssen.“

Frank sagte nichts. Sie legten den Rest des Weges schweigend zurück, bis sie Franks Cherokee erreichten. Bletcher wartete, bis der andere die Fahrertür geöffnet hatte und eingestiegen war. Er saß nun hinter dem Lenkrad und starrte den Chief Detective wortlos an. Schließlich, während das Geräusch des Hubschraubers lauter wurde und ihnen eine stetig wachsende Anzahl von Stimmen aus dem Flußbett entgegentönte, nickte Frank.

„Steig ein“, sagte er. „Ich bring dich in die City zurück.“

Schweigend fuhren sie durch die vom Winter eroberte Landschaft der Vororte auf das Herz der Stadt zu. Als sie die City erreicht hatten, regnete es wieder. Der Verkehrsfluß hatte sich auf das um die Mittagszeit gewöhnliche Maß reduziert. Frank schaltete das Radio ein und drehte solange herum, bis er einen Sender mit klassischer Musik gefunden hatte. Bletcher beobachtete ihn, wie er teilnahmslos hinter dem Steuer hockte und die Schlange der Wagen vor ihnen anstarrte, während die Scheibenwischer rhythmisch hin und her schwenkten. Hin und her, hin und her...

Plötzlich drehte der Detective das Radio leiser und sagte: „Dein Mitarbeiter war heute morgen unten in der Pathologie, um sich die Leiche anzusehen. Ein Typ namens Watts.“

Frank nahm den Namen zur Kenntnis und zuckte unbeteiligt die Achseln. „Hab noch nicht mit ihm gesprochen.“

„Aber einige meiner Detectives haben's getan. Er hat ihnen erzählt, daß er einem Verein angehört, der sich Millennium Group nennt.“

Frank war immer immer noch nicht bereit, ihn anzusehen. „Ja.“

Bletcher ließ sich davon nicht beeindrukken. „Sind das die Leute, für die du als Berater tätig bist?“

„Mhm.“

Der Detective starrte auf seine Handflächen, bevor er wieder in den Regen hinaussah. „Und was ist das für ein Verein?“

Franks Tonfall klang gelassen, fast beiläufig. „Nur ein paar Typen, die früher einmal als Ermittler gearbeitet haben.“

„FBI?“

„Einige von ihnen schon.“

Bletcher sah Frank argwöhnisch an. Er kannte ihn lange genug, um zu erkennen, daß er ihm etwas verschwieg. Aber auch lange genug, um zu wissen, daß weder Drohungen, noch Betteln oder gar beabsichtigte Provokationen Frank zum Reden bewegen würden, solange er es nicht selbst wollte. Vor ihnen quälte sich der Verkehr nun auf die Kreuzung zu, an der das County Courts Building durch die strömende Regenwand lugte. Der Cherokee macht einen Satz nach vorne. Bletcher seufzte resignierend auf und schüttelte seinen Kopf. Wie dem auch sei, er würde betteln.

„Meine Leute möchten wissen, warum du hier bist. Ich weiß immer noch nicht, was ich ihnen erzählen soll.“

Frank langte zum Radio herüber und drückte auf den Lautstärkeknopf. Der Sound des Kronos-Quartetts erfüllte den Cherokee. George Crumbs „Black Angels". Wieder mußten sie vor einer Ampel halten, und nun drehte er sich zu Bletcher hin. Sein Blick war offen, und auch in seiner Stimme schwang nun ein eindringlicher Unterton mit. „Ich bin hier, weil ich eine Frau und ein Kind habe, mit denen ich an einem Ort leben möchte, an dem sie sich sicher fühlen können."

Bletcher wartete ein paar Sekunden, und als nichts kam, meinte er: „Das ist alles?"

Frank nickte und starrte wieder in den Regen hinaus, wo sich eine Armee schwarzer Regenschirme auf dem Bürgersteig versammelt hatte. Bletcher schöpfte tief Luft, bevor er leise fragte: „Möchtest du über das reden, was passiert ist? Ich meine, weshalb du deinen Dienst beim *bureau* quittiert hast?"

„Nein."

Abrupt schoß der Cherokee nach vorne und steuerte auf den Randstein vor dem Courts Building zu. Bletcher seufzte, preßte die Lippen fest zusammen und öffnete die Tür. Er stieg aus, steckte aber seinen Kopf noch einmal in den Wagen.

„Wie kriegst du das nur hin, Frank?"

Franks kühler Blick traf den seinen. „Rateglück vermutlich."

Bletcher starrte ihn an und legte die Stirn

in Falten. Einen Augenblick später krachte die Tür zu, und Frank sah unbeteiligt zu, wie der Detective durch den Regen auf das schützende Gebäude zusprintete.

11

Als er zu Hause ankam, war es bereits dunkel. Er parkte den Cherokee auf der Einfahrt und blieb noch einige Minuten lang im Wagen sitzen, um die äußerst gepflegte Rasenfläche vor dem Haus zu betrachten. Als sie noch in D. C. gewohnt hatten, waren sie monatelang ihre Erinnerungen an Seattle durchgegangen – die Zeit, die sie dort verbracht hatten, jeder für sich und dann zusammen, vor ihrer Hochzeit. Catherine hatte Alben voller alter Fotos hervorgekramt, auf die sie sich eifrig stürzten, wobei sie diesmal nicht die altbekannten Gesichter von Verwandten und Freunden betrachteten, sondern die Häuser und die Nachbarschaft, die als Kulisse gedient hatten für all die Schnappschüsse von Hochzeiten, Hinterhof-Grillfeten, Spontanparties, Polterabenden, Softball-Turnieren und das Erdbeerfestival auf Vashon Island. Die bescheidenen Häuschen der bessergestellten Bürger am Capital Hill, die tannenumsäumten, postmodernen Villen oberhalb des Lake Washington, die Neubauten an der Nordseite des Green Lake.

Dann waren sie mit Jordan für ein paar Tage zurückgekehrt, um sich nach einem neuen Haus umzusehen – zwei Wochen, in denen sie Kleinanzeigen durchstöberten und mit Maklern herumfuhren, Wasserleitungen und Keller auf Anzeichen von Feuchtigkeit überprüften, auf Steinböden herumtrampelten und an Holzdielen herumkratzten, um möglichen Anzeichen von Fäule auf die Spur zu kommen.

Ursprünglich hatte dieses Haus noch nicht einmal auf ihrer Liste gestanden. Jordan hatte es eines Nachmittags entdeckt, als eine Maklerin sie zu ihrem Hotel zurückkutschierte –

„Da, Daddy!" hatte sie gerufen, und war fast auf den Vordersitz gesprungen, während sie auf den kleinen Bungalow zeigte, vor dem eine Hecke aus Azaleen und eine luftig angelegte Veranda zu sehen waren. „*Das* ist das Haus!"

Frank hatte gelacht und sich zu Catherine umgedreht. „Sie ist wie das kleine Mädchen aus *Das Wunder von der 34. Straße*!"

Catherine hatte gelächelt, und es hatte fast so ausgesehen, als ob Jordan bald den Sicherheitsgurt sprengen würde.

„Da steht *Zu Verkaufen*", hatte Catherine gesagt und die Maklerin angesehen. „Könnten Sie anhalten, damit wir uns einmal umsehen können?"

„Es ist keines von unseren“, hatte die Maklerin eingewandt, sich jedoch angesichts des Blicks aus drei hoffnungsfrohen Augenpaaren schnell geschlagen gegeben. „Aber, gut, wir können es uns natürlich einmal von außen ansehen, und dann überlege ich mir, was ich tun kann.“

Sie waren am nächsten Tag zurückgekehrt, und auch am darauffolgenden, an dessen Nachmittag sie dann ein Angebot aufgesetzt hatten. Zu dieser Zeit trug das Haus noch einen braunen Anstrich und die Fensterläden waren graugrün gestrichen, aber Catherine und Jordan hatten von Anfang an beschlossen, daß nur Gelb in Frage kommen würde.

„Es *will* gelb sein“, hatte Jordan verkündet.

„Mit einem Haus kann man nicht diskutieren.“ Frank gab sich geschlagen. Und als sie wieder in D. C. waren, vergingen nicht nur viele Stunden beim Packen, sondern noch mehr mit dem Begutachten von Farbmustern. Sonnenblumengelb, Paris-Matin, Zitrustraum, Weizengelb. Wer hätte gedacht, daß es so viele Schattierungen von Gelb gab? Aber schließlich schafften Catherine und Jordan es doch noch, sich endgültig festzulegen: die mattglänzende Latextönung „Mit einem Fuß im Garten Eden“ aus dem Programm von

Benjamin Moore sollte es sein, dazu leuchtend weiß abgesetzte Ränder.

Jetzt mußte Frank, der immer noch im Cherokee saß, lächeln. Selbst im sanften Licht der Straßenlaterne schien das kleine Haus zu strahlen. Einige Motten flatterten um die Lampe an der Veranda. In einem der Fenster im Obergeschoß war ein schwaches, goldenes Glitzern zu sehen; die geneigten Scheiben wirkten wie die aus Zucker gesponnenen Fenster eines Lebkuchenhäuschens.

Vielleicht sind wir noch nicht ‚Mit einem Fuß im Garten Eden', dachte er, *aber wir haben bereits einen Zeh in der Tür.* Er stieg aus und lief den Weg hinauf. Er hatte fast die Eingangsstufen erreicht, als er hinter sich das Zuschlagen einer Autotür hörte.

„Frank Black . . .?"

Er erstarrte und seine Hände ballten sich unbewußt zu Fäusten, während er sich umdrehte. Unter der Laterne am gegenüberliegenden Straßenrand parkte ein Wagen. Ein Mann stieg aus und überquerte mit selbstsicheren Schritten die Straße, um auf Frank zuzugehen.

„Ja?" sagte Frank.

Mit jedem Schritt, den der Mann näherkam, war er deutlicher zu erkennen. Groß und muskulös, ungefähr in Franks Alter, glattrasierter Schädel und Schnäuzer, Burberry-Regenmantel und Chinos, dazu Schuhe einer ihm unbekannten Marke, jedoch ebenso exklusiv wie der Mantel. Alles an ihm – die Kleidung, die markanten Gesichtszüge, sein direkter, offener Blick – brachten Selbtssicherheit zum Ausdruck, und Kraft.

„Ich bin Peter Watts.“ Seine Stimme war leise, wohltönend und kontrolliert. „Von der *Gruppe*. Ich hätte Sie vielleicht erst anfaxen sollen, aber ich wollte mich gern persönlich vorstellen.“

Frank entspannte sich und setzte zu einem herzlichen Lächeln an, während er seine Hand ausstreckte. „Ich habe gehört, daß Sie unten waren, um sich die Leiche anzusehen. Haben Sie etwas herausgefunden?“

Watts hielt ihm einen gefütterten Briefumschlag entgegen. „Es gibt einige Kleinigkeiten, die man übersehen hat. Und eine größere Sache –“

„Frank!“

Die beiden Männer drehten sich zu Catherine um, die in der geöffneten Haustür stand. Das Licht von der Verandalampe umgab ihr Haar mit einer blassen Korona. Mit einer Hand hielt sie ihren weißen Morgenmantel zusammen. Frank nickte ihr beruhigend zu.

„Ich komme gleich rein, Catherine.“

Sie verharrte noch einen Moment lang auf der Türschwelle, als ob sie auf eine Erklärung wartete. Als er nichts mehr hinzufügte, nickte sie ihnen kurz zu und schloß die Tür hinter sich.

Watts wartete, bis ihr Schatten hinter dem Wohnzimmerfenster auftauchte, und fuhr dann fort: „Die Leiche wies eine Reihe von schweren Blessuren auf, deshalb ist es wohl übersehen worden. Jedenfalls habe ich auf der Innenseite des linken Oberschenkels einen Nadeleinstich gefunden."

Frank zog seine Augenbrauen hoch. „Nadeleinstich wovon? Eine Spritze?"

„Vielleicht. Im umgebenden Gewebe deutet jedoch nichts darauf hin, daß irgend etwas injiziert wurde." Er zögerte, bevor er ausführte: „Ich weiß, daß die davon überzeugt sind, daß der Killer ein Schwarzer ist, aber –"

Frank nickte und sah den anderen Mann ernsthaft an. „Das habe ich schon abgehakt."

Watts begegnete seinem Blick und quittierte die Bemerkung mit einem bestätigendem Lächeln. Frank fühlte einen kleinen Anflug von Stolz.

„Der Kopf und die Finger wurden gekonnt und sauber abgetrennt." Watts wartete, bis Frank ihm den Briefumschlag abnahm und kurz ansah. „Sie wissen, warum –"

Frank schlug rhythmisch mit dem Umschlag gegen seine freie Hand. „Der Killer hat seine Spuren verwischen wollen. Das Opfer hat ihn möglicherweise gekratzt oder gebissen. Vielleicht hat er ursprünglich auch gar nicht vorgehabt, sie zu töten."

Watts stimmte ihm zu. „Das Küchenmesser war praktischerweise da, und das war's eben. Obwohl es ziemlich unhandlich ist, wußte er genau, was er tat. Und er hat sich richtig ins Zeug gelegt, was wir ja an seiner Aufräumaktion sehen."

Frank nickt wieder, diesmal mit einem Ausdruck grimmiger Bestätigung. „Was denkt die Gruppe darüber?"

„Daß Ihre Instinkte Sie nicht täuschen. Der Killer steht unter dem Einfluß eines äußerlichen Streßfaktors. Er ist . . . vollkommen durchgedreht."

„Was noch?"

Watts lächelte und wirkte dabei wie ein ruhmreicher Coach, der einen neuen Spieler im Team begrüßt. „Die Gruppe denkt, daß Sie der richtige Mann für diese Aufgabe sind. Eine großartige Ergänzung für das Team. Unsere gesamten Ressourcen stehen zu Ihrer Verfügung."

Frank neigte seinen Kopf, um sich für das unausgesprochene Lob des anderen zu bedanken. Watts hob die Hand zum Abschied, drehte sich um und ging zurück zu seinem Wagen. Frank sah ihm zu und verabschiedete sich von Watts mit einem halbherzigen Winken, als dieser seinen Wagen in Richtung der Ausfallstraße lenkte. Auf dem Weg zur Haustür bückte er sich kurz, um die neue Zeitung aufzuheben, die durch einen Kunststoffumschlag vor dem Regen geschützt war.

Im Haus war es dunkel. Vorsichtig durchquerte er die Eingangshalle – wo noch immer leere Kartons darauf warteten, daß sie jemand zum Recyclingcenter bringen würde – und ging dann auf die Küche zu. Der süße Duft von Zimt überlagerte den Geruch von frischer Farbe und abgeschliffenem Holz. Frank lächelte, als er sich daran erinnerte, daß Jordan gestern morgen vor der Schule herumgebettelt hatte, mit ihrer Mutter Kekse backen zu dürfen.

Und siehe da, dort standen sie auf der Arbeitsplatte, sorgfältig aufgetürmt unter Frischhaltefolie. Er legte die Zeitung ab, hob eine Ecke der Folie an und angelte sich einen Keks, den er in zwei Bissen aufaß. Dann gönnte er sich einen zweiten und schenkte sich ein Glas Milch ein, um sich anschließend für einige Minuten ans Fenster zu stellen und den Garten des Nachbarn zu begutachten.

Wie hieß der noch? Meredith – Jack Meredith. Schien ganz in Ordnung zu sein. Vielleicht hatte er Enkel in Jordans Alter. Er beschloß, Catherine zu fragen, ob sie bereits mit Meredith oder seiner Frau gesprochen und Pläne für ein Einstandsdinner gemacht hatte. Er trank seine Milch aus und stellte das Glas in die Spüle, bevor er sich noch einen Keks als Verpflegung für den Weg zum Schlafzimmer nahm.

Das Licht war bereits aus, als er den Raum betrat. Catherine lag unter der Steppdecke im Bett und kehrte ihm den Rücken zu. Ihr gewelltes Haar breitete sich in dunklen, verwirbelten Strähnen auf dem Kopfkissen aus. Einen Augenblick lang verharrte er auf der Türschwelle und lauschte ihren gleichmäßigen Atemzügen. Er wußte nicht, ob sie schon schlief.

„Wer war das?“ fragte sie plötzlich. Sie drehte sich nicht zu ihm um.

Frank nahm einen tiefen Atemzug und vergewisserte sich, daß der Briefumschlag immer noch fest unter seiner Achsel eingeklemmt war. „Sein Name ist Watts. Er hatte einige Informationen für mich.“

„Er hockte über eine Stunde dort draußen in seinem Wagen. Er hätte ruhig hereinkommen können.“

Frank setzte zu einer hilflosen Geste an. „Er wollte sich wohl nicht aufdrängen."

Catherine richtete sich im Bett auf, wobei die Steppdecke von ihr abfiel. „Mit der Aufdringlichkeit anderer kann ich gut leben, Frank", sagte sie. Ihre Stimme klang müde, aber keineswegs genervt: Sie diskutierten darüber nicht zum ersten Mal. „Aber nicht mit Geheimniskrämerei!"

Frank durchquerte den Raum und setzte sich neben sie aufs Bett. „Ich habe keine Geheimnisse, Catherine. Ich erzähl dir alles, was du wissen willst, und das weißt du auch."

„Du glaubst, daß du mich beschützen mußt. Aber du machst alles nur noch schlimmer, Frank." Sie schüttelte ihren Kopf, aber in ihrer Stimme lag kein Zorn. „Du kannst die Welt nicht vor mir verschließen. Du kannst nicht von mir verlangen, so zu tun, als ob ich nicht wüßte, was du machst."

Frank reckte sich nach dem Nachttisch, um den Briefumschlag dort abzulegen, und lehnte sich anschließend wieder zurück. Sanft streichelte er Catherines Arm. „Alle machen sich etwas vor. Wir neigen alle zum Selbstbetrug. Diese Männer, die ich verfolge; sie sind dafür verantwortlich."

Catherine schüttelte ihren Kopf. „Wir ziehen eine Tochter auf, Frank. Die richtige Welt spielt da allmählich mit rein. Das kannst du nicht verhindern.“

Für einen Augenblick starrte Catherine ihn mit dunklen, tiefgründigen Augen an. Dann kuschelte sie sich an ihn, ließ sich von ihm umarmen, während sein Mund den ihren berührte.

Und für einen kurzen Moment machten sie sich wirklich vor, daß die Welt dort draußen nicht existierte.

12

Lange danach lag er immer noch hellwach neben seiner Frau. Catherine atmete langsam und gleichmäßig. Zumindest in diesem Moment mußte er sich nicht vormachen, daß sie in einer friedlichen Welt lebte. Er blieb noch ein paar Minuten liegen und lauschte ihrem Atmen. Dann seufzte er: der Schlaf ließ weiter auf sich warten. Er küßte sie auf die Wange, zog die Steppdecke bis zu ihren Schultern hoch und stand auf.

Jordan lag breit ausgestreckt quer auf der Matratze in ihrem Zimmer; eine kleinere, unordentlichere Kopie ihrer Mutter. Frank beobachtete sie einige Minuten lang und hielt dabei seinen Atem an, um dem ihren zuzuhören – eine alte Angewohnheit, die ihn an viele angstvolle, schlaflose Nächte erinnerte, die niemals enden wollten.

Nach einer Weile riß er sich los und griff widerstrebend nach dem Briefumschlag, den er auf dem Nachttisch abgelegt hatte. Er ging nach unten.

Im Haus war es so still, daß er deutlich das Ticken der Uhr im Wohnzimmer hören konnte und auch das leise Quietschen der Holzstufen der Treppe. Er begab sich wieder in die Küche, um sich einige Kekse und aus dem Kühlschrank etwas zu trinken zu holen. Dann schnappte er sich die Zeitung, streifte die Plastikhülle ab und betrachtete die Schlagzeilen, während er sich auf den Weg in den Keller machte.

In einer Ecke brummte ein Luftentfeuchter leise vor sich hin, während aus einer anderen das Gurgeln des Heißwasserboilers zu hören war. Mittendrin – markiert durch eine halbfertige Mauer, die eines Tages eine Wand seines zukünftigen Büros darstellen würde – hatte Frank sein provisorisches Hauptquartier aufgeschlagen. Ein quadratisches Stück eines ausrangierten Teppichs von oben bedeckte den nackten Estrichboden. Darauf standen ein gefederter Bürosessel und einige Tische, auf denen seine Arbeitsgeräte aufgebaut waren – Drucker, Faxgeräte, Lampen, Telefone, Fernseher, Videorecorder. Ein Regal mit etlichen Wörterbüchern, einem Thesaurus, einem medizinischen Atlas und anderen Nachschlagewerken. Eine an die nackte Mauer genagelte Pinnwand, an die Polaroids und Zeitungsausschnitte über Calamitys Ermordung geheftet waren. Auf einem in liebevoller Kleinarbeit restaurierten Eichenschreibtisch thronte Franks Computer, dessen Bildschirm nun in einem neutralen Stahlblau erglimmte, daneben ein Digitalscanner und ein Video-Framegrabber von Mavigraph.

Frank setzte seine Lesebrille auf, die er neben dem Monitor liegengelassen hatte, räumte den Schreibtisch frei und legte den Umschlag von Peter Watts darauf ab. Dann warf er sich in den Sessel, ergriff die Maus und klickte auf ein Bildschirmsymbol. Auf dem Monitor erschien ein kleines Mitteilungs-Fenster, in dem in leuchtenden Buchstaben zu lesen war:

STELLE VERBINDUNG ZUR
MILLENNIUM GROUP HER.

Eine Reihe von Piepsern ertönte und danach das typische Zischen, mit dem das Modem die Gegenstelle anwählte und den Connect herstellte. Als Frank sicher war, daß die Verbindung stand, nahm er den Briefumschlag und öffnete ihn vorsichtig, um seinen Inhalt auf den Schreibtisch zu entleeren. Fotos, eine Audiokassette, ein Videotape, Faxe und etliche Seiten Papier mit Notizen in Maschinenschrift. Frank warf einen kurzen Blick darauf und wandte sich dann wieder dem Monitor zu. Ein Signal ertönte, und der Bildschirm zeigte die Worte:

HALLO, FRANK.

Er stand auf und steckte die Videokassette in den Recorder. Dann setzte er sich wieder und drehte sich auf dem Stuhl so in Position, daß er den Fernsehmonitor sehen konnte. Er legte einen Notizblock auf seinem Schoß ab und ergriff mit der einen Hand die Fernbedienung des Recorders, und mit der anderen einen Stift. Zunächst erschien flimmerndes Weiß und Grau auf dem Bildschirm. Dann zeigten sich körnige, schwarzweiße Bilder, und Frank zog die Stirn in Falten: Die Auflösung war so miserabel, daß er einen Moment brauchte, bevor er überhaupt etwas erkennen konnte.

Aber dann ging es los: Das Innere einer Privatkabine im Ruby Tip. Kameraperspektive von oben, Weitwinkelobjektiv – offenbar die Überwachungskamera. Rechts auf dem Bildschirm, das mußte der matte Reflex des Fensters sein, dahinter eine schemenhafte Figur, verführerische Bewegungen, kaum mehr als verirrte Blitzer vor dem Hintergrund. Der größere Teil des Bildes wurde von einem großen Schatten eingenommen, der sich in unmittelbarer Nähe der Scheibe befand. Die Silhouette eines Mannes, im Profil aufgenommen, seine Gesichtszüge fast komplett verdeckt von einer Baseballmütze. Von der Tonspur kam das Hämmern eines Hardcore-Songs, aber Frank meinte, unter dem hypnotischen Beat ein anderes Geräusch ausmachen zu können – die Stimme eines Mannes, flüsternd, in eindringlichem Tonfall, obwohl die Worte nicht zu verstehen waren.

Frank beugte sich vor, bis er direkt vor dem Bildschirm saß, spulte das Band zurück und betätigte erneut die Wiedergabetaste. Er lauschte noch angestrengter als beim ersten Mal, studierte eingehend den undurchdringlichen Schatten, der das Gesicht des Mannes darstellte, den schwarzen Schlitz, der sein Mund war, aus dem geflüsterte Laute drangen, die sich an die Frau hinter der Scheibe richteten. Franks Augen klebten nun förmlich am Bildschirm. Seine Hand bewegte sich flink über den Notizblock und zeichnete die Worte auf.

Wieder und wieder spulte er das Band zurück, übertrug immer mehr der Worte auf den Notizblock, strich manche wieder durch und ersetzte sie durch neue –

GLUTFARBENE FLUT
BLUTFARBENE GLUT

WO DIESER HARMONIE DER UNSCHULD
WO DIE ZEREMONIE DER UNSCHULD
ER TRANK
ERTRÄNKT WIRD

Er rieb sich die Augen und blinzelte, während er zum soundsovielten Male das Band zurücklaufen ließ. Und diesmal schrieb er die Worte sehr langsam auf, während die Stimme aus dem Lautsprecher exakt die Worte wiedergab, die durch seinen Kopf gingen.

WO DIE ZEREMONIE DER
UNSCHULD ERTRÄNKT WIRD

„*... überall, die Zeremonie der Unschuld ...*"

Er stoppte abrupt das Band, hörte auf, die Worte mitzuschreiben. Der Satz brannte sich in sein Hirn ein: Er biß sich auf die Lippe, zog die Augenbrauen zusammen, drehte sich dann zum Bücherregal um und zog das Zitatenlexikon *Bartlett's Familiar Quotations* heraus. Er schlug das dicke Buch weit hinten auf und blätterte, bis er gefunden hatte, wonach er suchte.

Zeremonie, geordnet nach Art der Z., 101 a
abgöttische Z., 244b

bekannt als Nachmittagstee, 798a
Liebe erfordert Beachtung der Z., 256a
der Unschuld, 882a

Aufgeregt blätterte er zur Seite 882 zurück. Und da stand es – Yeats „Die Wiederkunft", ein Werk, an das er sich noch halbwegs aus seiner Collegezeit erinnerte –

Sich drehend und drehend im wachsenden Strudel,
Der Falke den Falkner nicht hört;
Die Dinge zerfallen, die Mitte hält nichts;
Schlicht Anarchie bricht über die Welt herein;
Die blutfarbene Flut bricht frei, und überall
Wird die Zeremonie der Unschuld ertränkt . . .

Seine Augen flogen über den Rest des Gedichtes, bis er die letzten Zeilen erreichte.

Und welch wildes Tier, dessen Stunde nun schlägt,
Kriecht nach Bethlehem wo's wird geboren?

„Das ist es", flüsterte er.

„Die große Pest in der Stadt am Meer", schien die Stimme nun klar und deutlich zu rufen. *„Ihr werdet in dem brennenden Pfuhl im Schwefel enden . . ."*

Er klappte das Buch zu und sah zur Pinnwand hoch, an der er die grausame Galerie von Polaroids befestigt hatte. Fotos vom Tatort, auf denen Teile von Calamitys malträtiertem Körper zu sehen waren, hier ein Knie, dort handlose Arme, die sich über dem blutigen Torso kreuzten, einige Haarsträhnen. Eine Serie von drei Fotos, direkt nebeneinander: Nahaufnahmen eines bleichen, nicht näher zu identifizierenden Teils der Hautoberfläche, das anonyme Fleisch zerschmettert und voller Blut. Nur im dritten Bild ein Hinweis auf etwas anderes, angezeigt durch einen mit rotem Schmierstift aufgemalten Kreis. In seiner Mitte sah Frank deutlich einen winzigen, schwarzen Fleck.

Auf der Innenseite des linken Oberschenkels des Opfers fand ich einen Nadeleinstich ...

Er löste seinen Blick von dem Polaroid und wandte sich wieder dem Videorecorder zu. Griff nach der Fernbedienung und setzte das Laufwerk in Betrieb. Während er sich wieder die verzerrte Tonspur anhörte, nahm er einen kleinen Stapel Polaroids an sich, die neben der Tastatur gelegen hatten. Wieder blätterte er sie durch, in der vagen Hoffnung, doch etwas zu entdecken, das er vorher übersehen hatte, etwas anderes als Blut und verbranntes

Fleisch. „. . . *die große Pest in der Stadt am Meer*“, sagte die Stimme zischend und hart. „*Ihr werdet in dem brennenden Pfuhl im Schwefel enden.*“

Er griff einige Fotos vom unteren Ende des kleinen Stapels heraus. Einige Polizeiaufnahmen des Tatortes, den er heute morgen besichtigt hatte. Dürre, zusammengerollte Blätter, Fußabdrücke, mehrere braunstichige Aufnahmen des Sarges und seines Deckels, sowie das Wort darauf, das wie eine Warnung wirkte.

PESTE

„Also dann“, schnaufte Frank. Er legte die Polaroids beiseite, spulte das Band zurück und drückte dann ein letztes Mal die Wiedergabetaste. Während der Vorspann anlief, schwenkte er seinen Sessel herum und machte sich am Computer zu schaffen. Er gab eine Reihe von Befehlen ein und drückte dann die Eingabetaste. Neben dem blinkenden Cursor erschien die Meldung VERSENDE MPG DES VIDEO „KABINE“.

Erneut gab er einen Befehl ein – SCANNE UND VERSENDE GIFs „TATORT“ –, dann nahm er die Polaroids und ging zum Scanner. Das Licht des Abtasters blitzte grell auf, während das Gerät digitale Kopien der Fotos anfertigte. Frank stand daneben, dumpf vor sich hinbrütend, während er die parallel dazu erfolgende Datenübertragung abwartete. Während die Polaroids, die den Sarg zeigten, nach und nach im Einzug des Scanners verschwanden, zog er seine Stirn kraus.

Etwas anderes. Da war noch etwas anderes ...

Er griff nach der Zeitung, die er mit heruntergenommen hatte, und schlug sie auf. Er unterdrückte seine Aufregung und überflog die erste Seite.

POLIZEI SCHREITET GEGEN UMTRIEBE IM PARK EIN

Neben der Schlagzeile war ein Foto abgedruckt, das den Ort zeigte, an dem das Mordopfer von letzter Nacht von mehreren anonymen Zeugen gesehen worden war. Das Bild zeigte ein bewaldetes Gebiet am Fuß einer Brücke. Am Rand des Fotos war einer der Betonpfeiler der Brücke zu erkennen. Darauf hatte jemand mit signalgelber Farbe ein einzelnes Wort gesprüht:

PESTE

13

Natürlich kannte er den Volunteer Park, der seit den 70er Jahren als Schwulentreff verschrieen war. In der Nacht war er jedoch noch nie dort gewesen, und sicher auch nicht mit dem Cherokee, den er nun über einen holprigen Zufahrtsweg lenkte, dessen Schotter, vermischt mit Glassplittern, unter den Reifen des Wagens knirschte. Die Gegend wirkte ziemlich heruntergekommen. Der Nebel kroch zwischen kränklich wirkenden Bäumen hervor. Die Tannen waren mit Flechten bedeckt, der Boden mit zerbrochenen Flaschen und zerquetschten Bierdosen übersät. Und über diesem Panorama ragte der monolithische Schatten der Brücke in den Himmel, wie ein monströses Geschöpf aus einem Alptraum, ein riesiges düsteres, bedrohliches Etwas. Darunter erstreckte sich der Wald, eine öde Nachtlandschaft.

Aber der Wald war keineswegs menschenleer, er war sogar weit davon entfernt. Eine Reihe von Autos schlängelte sich über den schmalen Zufahrtsweg, etliche andere waren an seinem Rand abgestellt, was die Durchfahrt noch erschwerte. Frank lenkte den Cherokee zwischen den im Schrittempo fahrenden Fahrzeugen hindurch, deren Insassen ihn mit abschätzenden Blicken taxierten. Schließlich fand er eine zum Parken geeignete Stelle. Er zog den Reißverschluß seiner Jacke hoch und stieg aus.

Aus seinem Mund löste sich eine Wolke heißen Atems, die ruckartig in den kalten Nebelteppich hineinstieß, der vom Boden aufstieg. Von oben hörte er das monotone Dröhnen des über die Brücke donnernden Verkehrs. Er vernahm Stimmen von Männern, die miteinander redeten oder einander riefen, dann und wann ein heiseres Lachen. Vorsichtig stieg er über die Absperrung und lief in den Wald hinein. Nach einigen Minuten stieß er schließlich auf einen Radweg, der von vielen Männern frequentiert wurde, die meisten von ihnen allein, einige zu zweit, gelegentlich auch in Gruppen von dreien oder vieren. Immer wenn sich Frank einem oder mehreren von ihnen näherte, wurde er eingehend in Augenschein genommen, registrierte man seine große, schlanke Gestalt und sein dichtes Haar, das durch den Wind etwas zerzaust war. Fiel jedoch ein Blick auf sein Gesicht, das Reserviertheit ausdrückte und gleichzeitig von etwas verzerrt schien, das Wut sehr nahe kam, traten die Männer irritiert zur Seite oder verließen gar den Radweg, um die anonyme Zuflucht des Waldes zu suchen.

Einige Minuten später fand er, wonach er gesucht hatte: ein breiter, ausgetretener Pfad, der über einen steilen Damm zur Brücke hinaufführte. Im Laufschritt eilte er den Hang hinauf und ignorierte die neugierigen und manchmal auch feindseligen Blicke der nächtlichen Besucher, gegen deren Kodex er offensichtlich verstieß. Eine Gruppe jüngerer Männer hatte sich um die Betonpfeiler versammelt. Einige von ihnen lehnten in herausfordernder Haltung an der Wand und warteten darauf, angesprochen zu werden; darauf, daß sich der richtige Schatten aus der umgebenden Dunkelheit löste. Hier und da flammten Streichhölzer oder Feuerzeuge auf, bläulich reflektiert im Inhalt einer Flasche. Marijuanarauch vermischte sich mit dem Duft teuren Parfums und dem unterschwelligen Geruch von Schweiß und erregtem Fleisch.

Frank unterdrückte den Drang, „Feuer!" zu rufen, sich einen der jungen Burschen zu schnappen, so jung, daß er um diese Uhrzeit schon gähnte, und ihn anzuschreien: *Bist du komplett verrückt?* Die Gewohnheiten der

Begierde sind nicht so leicht auszulöschen, nicht einmal im Schlagschatten eines grausamen Mordes.

Besonders im Schlagschatten eines grausamen Mordes, dachte Frank und erschauerte, weil er sich daran erinnerte, was er nur wenige Stunden zuvor zu Catherine gesagt hatte: *Alle machen sich etwas vor. Wir neigen alle zum Selbstbetrug*. Sein Blick schoß hoch und traf für eine Sekunde die Augen eines nicht weit entfernt stehenden Jungen, der zögernd auf Franks Signal wartete. Frank sah ihn mitleidig an und schüttelte seinen Kopf. Der Junge drehte sich weg, sein Gesicht eine starre Maske. *Alle machen sich etwas vor. Tue so, als sei nichts passiert ...*

Der Verkehrslärm wurde lauter, genau wie die dazu den Kontrapunkt bildenden Stimmen. Zwei Männer, Geschäftsleute in gutsitzenden Anzügen und teuren Trenchcoats, lachten laut über einen getuschelten Witz, warfen Frank arglose Seitenblicke zu, worauf es nun an ihm war, seinen Blick abzuwenden. Er rutschte auf dem Geröll aus und hätte fast sein Gleichgewicht verloren. Aber dann stand er endlich auf dem Kamm des Hügels. Er hielt an, um wieder zu Atem zu kommen und das zu betrachten, was ihn hierher geführt hatte – das hoch über den Köpfen all dieser schattenhaften Figuren angebrachte knallgelbe Graffiti:

PESTE

Er stand für einige Minuten nur da und starrte nachdenklich nach oben. *Peste* ist das französische Wort für „Pest“, wieder eines der verstreuten Stückchen Weisheit, an die er sich aus seiner Schulzeit erinnerte. *Pestilenz.* Sicher würde es niemandem besonders auffallen, es war nur irgendein dahingeschmierter Unsinn, wie BAT 47 oder SAMO oder BLEDSOE RULES. Und falls es *doch* jemand bemerken sollte, würde er wahrscheinlich auf die naheliegende Erklärung kommen, daß es sich hierbei um eine banale, homophobe Schmiererei handelt, die irgendein religiöser Eiferer zu verantworten hatte, der „Schwulensau“ mit einem französischen Akzent ausspricht.

Nur sah es diesmal so aus, als ob dieser Eiferer eine tödliche Mission hatte. Frank kniff die Augen zusammen und starrte das Wort an, bis es vor seinen Augen zu verschwimmen begann. Er blinzelte und sah woanders hin, weil ihm plötzlich schwindlig wurde.

Überall um ihn sind Leichen. Steif wandern sie durch eine einst vom Meer überflutete Wüste, stolpern mit ausgestreckten Armen auf ihn zu und verschwinden erst im letzten Augenblick wieder in den Schatten, weil er ihre Umarmung nicht erwidert. Hinter den schrecklichen Gestalten sieht er sich windende Bäume, die mit ihren kargen Ästen den Himmel aufkratzen. Rauchfahnen steigen von ihnen hoch, wie auch vom Erdboden. Franks Schultern spannen sich, und er verzieht das Gesicht, als seine Nase sich mit dem Gestank von Unrat und faulendem Fleisch füllt. Seine Zunge spürt den Geschmack kalter Asche und noch etwas anderes, das penetrant kupferartige Aroma von Blut. Er steckt seine Hände tiefer in die Taschen und starrt nun mit einer tranceartigen Gebanntheit in die Dunkelheit. Zwei Männer kommen auf ihn zu, sie bewegen sich ruckhaft, fast zögerlich. Erst als sie bis auf wenige Meter an ihn heran sind, bemerkt Frank, daß das Fleisch ihrer Gesichter in Streifen herunterhängt und ihre bloßliegenden Handknochen sich durch die Haut bohren, die so schwarz ist wie verbranntes Papier. Er zieht heftig die Luft ein und tritt einen Schritt zurück, aber sie können ihn nicht sehen und wanken langsam an ihm vorbei, fast als ob sie schlafwandeln würden. Sie drehen ihm ihre verunstalteten Gesichter zu, so daß er sehen kann, daß ihre Augen mit Katgut zugenäht sind, genau wie ihre Münder, de-

ren Fleisch an den Mundwinkeln aufgerissen ist. Als sie an ihm vorbeistaksen, entfährt ihm ein leises Keuchen.

Irgend etwas kriecht in ihm hoch, Begierde und Wut und Haß, ein irrsinniger Horror, der sich in den Kadavern widerspiegelt, die nun durch den kahlen Wald streifen. Er versucht, seine Atmung wieder unter Kontrolle zu bekommen, sein Herz langsamer schlagen zu lassen. Er dreht sich um und sieht, wie die beiden geisterhaften Formen mit der Nacht verschmelzen.

Und dann sah Frank ihn. Eine einsame Figur, die sehr langsam mit hochgezogenen Schultern den Pfad herunter kam. Er trug Jeans, eine unauffällige, dunkle Baseballjacke und eine Baseballmütze, die tief in die Stirn gezogen war. Unter ihrem Schirm entdeckte Frank ein Paar kleiner, tiefliegender Augen, die rastlos umherwanderten, um die durch den Wald laufenden Paare zu betrachten. Die zerrissenen Flüsterlaute, die er noch vor wenigen Augenblicken gehört hatte, verwandeln sich nun in klar verständliche Worte –

Die blutfarbene Flut bricht frei –

Und wieder sah Frank das brennende Skelett im Wald, hörte die Schreie durch die Wipfel der Bäume fegen, während eine Figur in den Schatten lauert und zusieht. Eine Figur in Jeans und dunkler Jacke, das Gesicht unter einer Baseballmütze versteckt.

Der Franzose.

Frank starrte ihn mit geöffnetem Mund an. Aber bevor er etwas sagen oder sich auch nur bewegen konnte, hob der andere seinen Kopf. Und dann sah er, daß Frank dort stand und ihn beobachtete.

Und irgendwie erkannte er ihn, so wie Frank auch den Killer erkannt hatte. Für einen Augenblick trafen sich ihre Blicke, wurde der unsichtbare Faden zwischen ihnen gestrafft. Doch er zerriß ohne Vorwarnung, als der Franzose sich plötzlich umdrehte und zu laufen begann.

Frank setzte ihm sofort nach. Er rannte an Bäumen vorbei und durch Büsche hindurch, spürte, wie die Zweige in sein Gesicht peitschten und stolperte über Steine und die Reste zerbrochener Flaschen. Sein Atem kam nun in scharfen, kurzen Stößen, während er zum Sprint ansetzte, den Pfad verließ und dem anderen zur Brücke hinauf folgte. Vor ihm ertönte Geschrei, als der Franzose jemanden beiseite stieß, dann noch mehr Lärm und Flüche, als einige Männer versuchten, ihm auszuweichen.

Frank keuchte und zog den Kopf ein, um das dichte Geäst zu durchbrechen, merkte nicht einmal, daß die Dornen sich in seinen Manschetten verfingen und Blut aus seiner Hand quoll. Der Franzose schien einige Schleichpfade zu kennen, lief im Zickzack den Hügel hinauf und verschwand für etwa eine Minute, bevor Frank ihn wieder entdeckte, als er gerade den Hügel erklomm. Der Franzose sprang über eine kleine Fußgängerbrücke, stieß einen zierlichen Mann zu Boden und geriet für einen Augenblick selbst ins Straucheln. Frank steigerte seinen Lauf erneut zum Sprint, aber da war der andere schon wieder auf den Beinen und rannte weiter.

Jetzt war er direkt unter der Brücke. Einige der Männer beobachteten ihn gebannt von ihrem Standort am Fundament, andere verzogen sich eiligst in den Schutz des Waldes. Frank sah kurz den Rücken des Franzosen, der nun im üppigen Dickicht in der Nähe des letzten, großen Betonpfeilers verschwand. Frank setzte ihm nach, drängte sich durch das Gestrüpp, bis er sich am Fuß eines anderen Hügels wiederfand, der hinauf zur Straße führte.

Der Franzose war nicht zu sehen. Frank blieb stehen und sah sich verzweifelt um.

Sekunden später flackerte etwas in seinem Augenwinkel auf: Er sah angestrengt nach oben und sah, daß der Franzose über ihm auf der Brücke stand. Mit einem Keuchen begann Frank, den Hügel hinaufzuklettern, wobei er sich mit den Händen an Büschen und verkrüppelten Setzlingen hochzog.

Dann erreichte er den Kamm des Hügels und kletterte über die Absperrung auf den Bürgersteig.

Für kurze Zeit war er vom Licht der Straßenlaternen und Auto-Scheinwerfer geblendet und halb taub vom Lärm des nächtlichen Verkehrs. Als er die Augen zusammenkniff, um einen Teil des Lichtes abzuschirmen, entdeckte er ihn – der Gejagte hetzte entgegen der Verkehrsrichtung über den schmalen Gehweg. Frank setzte sich in Bewegung und nahm die Verfolgung wieder auf.

Während er aufholte, drehte sich der Franzose um. Als er Frank sah, verzog sich sein Gesicht, und er rannte, ohne auch nur einen Blick zu riskieren, in den entgegenkommenden Verkehr hinein. Hupen blökten, und Reifen quietschten, als einige der Fahrer versuchten, ihm auszuweichen. Frank verlangsamte sein Tempo und suchte nach einer Lücke im Verkehr, um schließlich auf die Straße zu springen und weiterzurennen.

Auf der gegenüberliegenden Fahrspur rannte der Franzose zwischen mehreren Wagen hindurch, und Frank folgte ihm. Jäger und Gejagter verursachten auf der Brücke ein heilloses Chaos aus Gehupe, Flüchen, schlingernden Wagen, jähen Kollisionen von Metall mit Metall und durch die Luft fliegenden Glassplittern. Ein Pickup geriet außer Kontrolle und geriet auf die Gegenspur, um schließlich auf Frank zuzuschießen. Mit einem Schrei warf er sich auf die Straße und rollte sich zur Seite, während der Pickup nur wenige Zentimeter vor seinem Gesicht mit quietschenden Reifen zum Stehen kam. Bevor der Fahrer sich seines Schocks bewußt werden konnte, war Frank bereits wieder auf den Beinen, stolperte los und rannte dann auf der Mittelspur entlang. Bald hatte er sein volles Tempo wieder aufgenommen und schoß hinter dem Flüchtenden her wie ein Verteidiger hinter einem Außenstürmer.

Aber der Franzose hatte inzwischen ebenfalls die Mittelspur für sich entdeckt und die Distanz zu Frank vergrößert. Gerade näherte er sich dem höchsten Teil der Brücke, und für einen Augenblick sah Frank, wie er gerade wieder in den Verkehr hineinlief. Noch mehr Gehupe, noch mehr Gebrüll, dann verschwand der Franzose aus Franks Blickfeld.

Wagen schlitterten über den Asphalt und krachten ineinander, wobei sie eine Kettenreaktion auslösten, die sich bis zu dem Punkt auswirkte, an dem Frank nun eine Lücke im Verkehr ausnutzte, um die Fahrbahn zu überqueren. Er rannte zum gegenüberliegenden Gehweg hinüber und hielt an, um nach dem Franzosen Ausschau zu halten.

Er war verschwunden.

Frank blieb für einen Moment stehen, schloß seine Hände und öffnete sie wieder, bevor er sich erneut in die Blechlawine begab, in der Hoffnung, die Spur des Killers wieder aufnehmen zu können.

Nichts. Plötzlich ging die Tür eines Wagens auf, der in einiger Entfernung vor ihm stand. „Der Typ ist gesprungen!" schrie der Fahrer aufgeregt. „Ich hab ihn gesehen!"

Frank lief auf ihn zu. „Wo?"

Der Mann deutete auf eine Stelle des Brückengeländers. „Da vorne!"

Frank rannte zur Brücke, ergriff das Geländer und starrte hinunter in das sich leicht bewegende schwarze Wasser, dessen Oberfläche hier und dort von einem weißen Schaumfleck durchbrochen wurde, den der Nachtwind vor sich hertrieb.

Ein tiefer Sprung. Nicht unbedingt für einen Selbstmord geeignet, aber gefährlich genug, um einen vernünftigen Mann davon abzuhalten, es zu versuchen, falls er nicht einen überzeugenden Grund dafür hatte.

Der Franzose hatte einen überzeugenden Grund. Frank schüttelte den Kopf und starrte ohnmächtig hinunter auf den Fluß. Er sah kein Anzeichen von Bewegung, abgesehen natürlich von der normalen Strömung des Wassers: Kein eiliger Schwimmer, keine Leiche, die durch die Dunkelheit trieb.

Wie konnte er nur entkommen?

Frank stand noch für einige Minuten dort und beobachtete die unruhige Wasseroberfläche. Schließlich drehte er sich um, das Gesicht vor Wut und Frustration verzerrt, und setzte sich in Bewegung, um den langen Rückweg über die Brücke anzutreten, vorbei an den wütenden Autofahrern und Beifahrern und den beschädigten Autos sowie den ersten mit Sirenenlärm heranbrausenden Polizeiwagen. Er lief weiter, bis er die Absperrung erreicht hatte, die er nun etwas erschöpft überquerte, um anschließend den langen Marsch durch den Wald bis zu seinem Wagen anzutreten.

Niemand bemerkte die dunkle Gestalt, die mit ausgebreiteten Armen an der Stützkonstruktion unterhalb der Brücke hing und sich an den Stahlträgern festklammerte. Ein Rinnsal von Blut perlte aus einer Wunde an der Hand und lief an seinem Arm herunter. Reglos sah er dem Mann nach, der einsam und mit hängendem Kopf den Hang herunterging und sich Schritt für Schritt von der Brücke entfernte . . .

14

Am nächsten Morgen erwachte Frank viel zu früh, hochgeschreckt vom Regen, der gegen das Fenster trommelte. Er richtete sich ächzend auf und warf einen Blick auf den Wecker: 7:30 Uhr. Die andere Seite des Bettes war leer, Catherine hatte ihn weiterschlafen lassen. Einige Minuten lang saß er reglos auf der Bettkante und nahm die gedämpften Geräusche aus dem Erdgeschoß in sich auf. Jordan trappelte hin und her, um ihre Schulsachen zusammenzusuchen; während Catherine den Frühstückstisch abräumte und sich darauf vorbereitete, das Haus zu verlassen. Schließlich stand er auf, duschte und zog sich schnell an, um nach unten zu gehen und sich von Jordan zu verabschieden.

Sie saß am Küchentisch, kickte gelangweilt mit den Füßen gegen das Gestell ihres Stuhls und knabberte an einem Stück Toast. „Hi Daddy“, sagte sie näselnd.

Er bückte sich, um sie zu küssen. „Hört sich an, als ob du verschnupft bist.“

„Mh-mh“, nickte Jordan.

„Der Rektor ihrer neuen Schule hat gesagt,

daß da etwas die Runde macht – einige Kinder haben gestern gefehlt", erklärte Catherine. „Trink deinen Orangensaft aus, Honey. Du willst doch nicht schon in der ersten Woche hier zu spät zur Schule kommen . . ."

Er ging mit Catherine hinaus, um zuzusehen, wie Jordan vom Schulbus abgeholt wurde. Ihr kaugummifarbener Regenmantel und der dazu passende Schirm leuchteten wie ein grelles Signal im vorherrschenden Regengrau dieses Morgens. Nachdem der Bus eine Abgaswolke ausgestoßen hatte und abgefahren war, drehte sich Catherine zu ihrem Mann um und fragte: „Wo warst du? Ich bin um zwei Uhr aufgewacht, und du warst fort!"

Frank hielt eine Hand vor seine Augen. „Ich mußte mich um etwas Geschäftliches kümmern."

„Um zwei Uhr in der Früh?" Ihr eindringlicher Tonfall und ihr betroffener Gesichtsausdruck irritierten ihn. „Frank, ich dachte, wir wären hierher gezogen, um all das hinter uns zu lassen. Ich dachte, es wäre endlich vorbei, wenn wir erst einmal hier sind."

Frank sah sie an and lächelte reuevoll. Er legte eine Hand an ihre Wange und beugte sich vor, um sie zu küssen. „Ich weiß", sagte er, „und es wird vorbei sein. Ich versprech's. Bestimmt."

Doch als er dem Wagen seiner Frau nachsah, dachte er: *Es wird nie vorbei sein, nicht wirklich. Egal, wohin du gehst, egal wie weit: es wird niemals vorbei sein.*

Zwei Stunden später befand er sich in Bletchers Büro. Der Lieutenant lehnte an der Rückwand des Raumes und betrachtete den hageren Mann, der vor einer Tafel mit bizarren Zeichenfolgen stand: Schnipsel von Gedichten, einzelne Worte, die Frank aus der Tonspur des Videos herausgefiltert hatte. Um den Lieutenant hatten sich mehr als ein Dutzend Detectives und andere Mitarbeiter aus seiner Abteilung versammelt. Bletcher hatte dieses Briefing kurzfristig anberaumt, nachdem Frank ihn mitten in der Nacht angerufen hatte, um ihm von der Verfolgungsjagd zu erzählen, und darum gebeten hatte, ihm die Gelegenheit zu geben, den an der Ermittlung beteiligten Detectives seine Entdeckungen zu präsentieren. Bletcher hatte widerstrebend eingewilligt und damit seinem Team an diesem Morgen zu mehr als einer wohlverdienten Kaffeepause verholfen – für ihn jedoch stellte dies eine Unterbrechung dar, die diejenigen, die in diesem Fall rund um die Uhr ermittelten, von ihrer Arbeit abhielt.

Dies lag keineswegs daran, daß er an

Franks Fähigkeiten zweifelte – er hatte persönlich *erlebt,* wie Frank Black einige der detektivischen Meisterleistungen vollbrachte, die ihn zu so etwas wie einer Legende gemacht hatten –, sondern daran, daß er es eben nicht tat. Bletcher *wollte* ihm glauben; und tief in seinem Innern war dem Detective klar, daß er es eigentlich auch tat. Frank hatte etwas Besonderes, eine Art, die Aufmerksamkeit anderer auf sich zu ziehen, auch wenn sie ihm nicht alles abkauften, was er sagte: Die Art, wie sein faszinierendes Gesicht das Licht einfing und es zu halten vermochte. Sogar in einem Raum voller Menschen würde man ihn zuerst bemerken, diesen ruhigen, schlaksigen Mann mit den ernsthaften Augen, der irgendwo an der Seite stand und beobachtete, einfach nur beobachtete. Es war, als hätte seine Existenz eine größere Bedeutung als die der anderen; als ob sie, im Vergleich zu ihm, nicht mehr als Schatten wären.

Bletcher wurde aus seinen Gedanken gerissen, als jemand verächtlich schnaubte. Er entdeckte zwei Detectives, die das Geschehen mit argwöhnischen Mienen verfolgten. Bletcher sah zu Frank, der die Fernbedienung des Videorecorders in der Hand hielt, den er selbst besorgt hatte, genau wie den TV-Monitor, die Tafel und den kleinen Tisch, auf dem sich nun Franks Notizen häuften.

„Das ist er“, sagte Frank jetzt in einem leisen, aber doch nachdrücklichen Tonfall. Er lehnte sich nach vorn, um den Kontrast des Monitors einzustellen. Der Bildschirm zeigte ein vergrößertes, extrem körniges Bild, ein digitales Muster grauer und schwarzer Pixel, die sich zu dem impressionistisch anmutenden Portrait eines Mannes vereinten. Ein lebloses Schweinsgesicht, grobschlächtig, von Aknenarben verunstaltet, die so ausgeprägt waren, daß man sie trotz der miesen Bildqualität erkennen konnte. Der Ton war noch nicht eingeschaltet, weshalb die dünnen Lippen des Mannes nun langsam stumme Worte zu formen begannen. Frank betätigte die Standbildfunktion und sah ins Publikum. Sein Blick traf auf die zweifelnden Mienen der umstehenden Detectives, die mit verschränkten Armen dastanden, nur wenige schienen so etwas wie Interesse zu signalisieren. Im Raum herrschte Totenstille. Bletcher sah, wie Frank einen tiefen Atemzug nahm, und verspürte einen kleinen Anflug von Mitleid.

Okay Frank, dachte er. *Hier ist deine große Chance. Gib verdammt noch mal dein Bestes.*

„Die Tänzerinnen nannten ihn ‚Den Franzosen'", begann Frank, und deutete dabei auf das eingefrorene Bild, „weil er ihnen durch die Scheibe Zettel mit Gedichten zeigte. Französische Gedichte. Ich habe es geschafft, die Bild- und Tonqualität durch Nachbearbeitung zu verbessern –"

Er gab den Blick auf den Monitor frei und hob gleichzeitig die Fernbedienung. Das eingefrorene Bild erwachte zu neuem Leben. Die Stimme des Franzosen erfüllte den Raum. Sie war stark nachbearbeitet und klang extrem hohl, fast synthetisch, kaum noch menschlich; aber die Worte waren klar verständlich: *„Ich will sehen, wie ihr in der blutfarbenen Flut tanzt . . ."*

Während die Stimme sprach, übertrug Frank ihre Worte auf die Tafel –

ICH WILL SEHEN,
WIE IHR IN DER BLUTFARBENEN FLUT
TANZT –
WO DIE ZEREMONIE DER UNSCHULD
ERTRÄNKT WIRD.

Er setzte die Kreide ab, ergriff die Fernbedienung und stoppte das Band erneut. Als er aufsah, blickten ihn fünfzehn verwunderte Gesichter an.

Bletcher kreuzte seine Arme. „Und was soll

das Ganze?" fragte er in einem autoritären, aber keineswegs feindseligen Tonfall.

Frank nickte ihm folgsam zu. „Es stammt aus einem Gedicht, ‚Die Wiederkunft des Herrn' von William Butler Yeats." Ein oder zwei der Anwesenden gaben anerkennende Laute von sich, da der Titel in ihnen eine vage Erinnerung geweckt hatte, und Frank zitierte die Verse:

Die Dinge zerfallen, die Mitte hält nichts.
Schlicht Anarchie bricht über die Welt herein.
Die blutfarbene Flut bricht frei,
und überall wird die Zeremonie der Unschuld ertränkt . . .

Er schwieg, gerade lang genug, um den anderen die Möglichkeit zu geben, seine Worte zu verinnerlichen, und sagte dann: „Das Gedicht behandelt die Apokalypse." Er drückte erneut den Wiedergabeknopf, wandte sich der Tafel zu und übertrug die verdrehte Litanei des Franzosen.

„DIES IST DER ANDERE TOD –
DER TOD DER SÜNDHAFTEN UND UNZÜCHTIGEN –
DIES IST DER ANDERE TOD –
IHR WERDET IN DEM BRENNENDEN

PFUHL
IM SCHWEFEL ENDEN –

Bletcher ruckte herum und beobachtete die anderen unauffällig. Die meisten wirkten überrascht, aber doch skeptisch.

Zumindest hören sie ihm jetzt zu, dachte er.

Giebelhouse rutschte nervös auf seinem Stuhl herum und legte die Stirn in Falten. „Der andere Tod?“ fragte er. „Was zur Hölle ist damit gemeint?“

Neben ihm hob Detective Kamm seinen Kopf. „Das stammt aus der Bibel“, sagte er. Sein Tonfall verriet, daß er die Sache gar nicht für so verrückt hielt.

„– die große Pest in der Stadt am Meer“, intonierte der Franzose nun in einem infernalischen Flüsterton. *„Ihr werdet in dem brennenden Pfuhl im Schwefel enden –“*

Frank trat vor den Bildschirm, während das Videoband erneut zurücklief.

„Dieses Zitat stammt aus der Offenbarung des Johannes. *‚Der Tod und die Hölle werden in einem brennenden Pfuhl im Schwefel vergehen. Die Sündhaften und Unzüchtigen – dies ist der andere Tod.‘“*

Bletcher nickte fast unmerklich. Alle Augenpaare im Raum sahen nun Frank Black an.

„Also, was will der Typ uns damit sagen?“

durchbrach Giebelhouse mit streitsüchtigem Unterton die Stille.

„Er predigt“, rätselte Bletcher.

„Er prophezeit“, konterte Frank.

Giebelhouse hob sein Kinn und meinte abfällig: „Das Ende der Welt?“

Frank zeigte auf die beiden letzten Zeilen auf der Tafel. *„Die große Pest in der Stadt am Meer.“* Er machte ein Pause, bis er sicher war, daß es saß, und übersetzte dann: *„‚La grande peste de la cité maritime.‘* ‚Peste‘ war auch das Wort, das auf dem Deckel des Sarges stand.“

Die Detectives starrten ihn verständnislos an. Einige schüttelten ihren Kopf. Andere murmelten, um ihren Zweifel zum Ausdruck zu bringen.

„Es stammt von Nostradamus“, erklärte Frank. „Der Prophet der Apokalypse lebte im 16. Jahrhundert. Er schrieb Hunderte von *Quatrains,* vierzeilige Gedichte, die das Ende der Welt vorhersagen.“

Giebelhouse nickte mit einer sarkastischen Grimasse, die totale Überzeugung zum Ausdruck zu bringen schien. „Ah, genau wie diese Rap-Poeten.“

Einige der Anwesenden lachten nervös auf, aber die meisten starrten Frank weiter unverwandt an, Blicke, die eine gehörige Portion unzureichend unterdrückter Feindseligkeit enthielten. Bletcher nahm die Arme von seiner Brust und setzte die Miene des gutmütigen Bullen auf, den nichts erschüttern kann.

„Also glaubst du, daß der Killer eine Prophezeiung verwirklichen will?“ fragte er, um Frank einen Spielball zuzuwerfen.

Frank warf dem Detective einen schnellen Blick zu, der möglicherweise Dankbarkeit ausdrücken sollte, und nickte dann. „‚*Die große Pest in der Stadt am Meer wird nicht enden, bevor der Tod gerächt wurde*‘“, rezitierte er. „‚*Beim Blute des gerechten Mannes, der gefangen und verdammt wurde, obwohl er kein Verbrechen beging. Die große Dame ist außer sich angesichts des Unrechts.*‘“

Er schwieg, sah die Runde an und wartete auf eine Reaktion, darauf, ob jemand es überhaupt begriffen hatte.

Doch nichts regte sich.

„Seattle“, fuhr er fort, bemüht, den Tonfall beizubehalten. „Die Stadt am Meer. AIDS, die große Seuche, die moderne Pest. Rache für den Tod, ausgeführt von einem gerechten Mann, der verhaftet und verurteilt wird, obwohl er kein Verbrechen begangen hat.“

Kamm nickte aufgeregt. „Der Killer denkt, daß er ein Werkzeug der Rache ist. Ein gerechter Mann.“

Franks Augen funkelten. „Ja."

Bletcher warf seinen Kopf zurück und verwandelte sich vom gutmütigen Bullen in den Advokaten des Teufels: „Also, wer ist die große Lady, und warum ist sie außer sich?"

Frank schenkte ihm den kaum merklichen Anflug eines Lächelns: *touché*. „Der Killer trägt einen Konflikt mit seiner eigenen Sexualität aus. Er fühlt sich schuldig, möglicherweise gegenüber seiner Mutter. *Sie* ist die ‚Große Dame'. Er versucht, ‚normal' zu sein, sucht deshalb Peepshows auf, weil er gegenüber Frauen normale Empfindungen verspüren will – Begierde, Liebe, was auch immer. Aber alles, was er wirklich fühlt, ist Wut ... Wut, die zu einer Psychose eskaliert und seine Sicht der Realität verdreht."

Giebelhouse zog die Nase hoch. „So verdreht, daß sie zu diesen blödsinnigen französischen Gedichten paßt?"

Frank sah ihn leidenschaftslos an. „Der Killer sieht die Welt nicht, wie wir sie sehen."

Ein langer Moment des Schweigens. Dann ertönte Bletchers Stimme in herausforderndem Tonfall: „Aber *wie* sieht er die Welt?"

Für einen Moment blieben seine Augen auf denen von Frank haften, um ihn herauszufordern, ihm endlich die Wahrheit zu sagen, das zu enthüllen, was Frank Black sah.

Am anderen Ende des Raumes hielt Frank seinem Blick stand. Seine Antwort bestand nur aus einem einzigen Wort:

„Anders“, sagte er, um sich dann wieder dem Recorder zuzuwenden.

„Moment mal“, warf Giebelhouse nun hitzköpfig ein, „Sie sagen, daß dieser Typ es auf Frauen abgesehen hat. Daß er es mit anderen Jungs treibt. Aber dann bringt er diesen *John Doe* um, dessen verbrannte Überreste wir im Wald gefunden haben. Können Sie mir erklären, wo da die Logik liegt?“

„Er ist ziemlich durcheinander“, sagte Frank.

Giebelhouse grunzte. „Zweifelsohne.“

„Er versucht, damit ins reine zu kommen, indem er eine Prophezeiung erfüllt. Sich als Rächer für die große Pest aufzuspielen, deren Existenz seine dunklen Begierden nur noch fragwürdiger macht, die außerdem eine zusätzliche Rechtfertigung für das Unverständnis seiner Mutter darstellt. Deshalb hat er auch die Arme seines weiblichen Opfers über der Brust gekreuzt, um ihr auf seine Weise Respekt zu zollen.“

Giebelhouse schüttelte starrsinnig den Kopf. „Also, mich überzeugt das nicht.“

Kamm, der neben ihm saß, nickte widerstrebend. „Eine gute Story“, sagte er, „aber ich stimme zu. Die Beweise sprechen einfach dagegen."

„Die Haare, die man bei dem weiblichen Opfer gefunden hat, stammen von einem Schwarzen", mischte sich Bletcher ein.

Nun wurde Franks Stimme doch lauter. „Es gibt bislang nur einen einzigen Fall von Serienmorden, bei denen der Täter ein Schwarzer war. Statistisch ist es also vollkommen unwahrscheinlich."

„Also schmeißen wir die Beweise doch einfach zum Fenster raus", setzte Giebelhouse wutschnaubend an. Aber Frank unterbrach ihn.

„Möglicherweise hat der Mörder sich die Haare beschafft, um uns in die Irre zu führen. Oder sie waren bereits vorher im Leichensack. Sowas habe ich schon erlebt."

Giebelhouse warf ihm einen bezeichnenden Blick zu; mit seiner Geduld war es offenbar am Ende. Dann wandte er sich an Bletcher. „Hör zu, Bob: Wir sind nicht das FBI. Wir haben nur begrenzte Mittel. Wenn wir dem falschen Typen nachjagen, kommt es möglicherweise zu weiteren Morden. Ich glaube nicht, daß wir Zeit damit verplempern sollten. Was meinst du?"

Bletcher stand schweigend da und sah nachdenklich in die Runde. Er sah die konsternierten und hochnäsigen und über jedes Maß hinaus gelangweilten Gesichter, das körnige, alptraumhafte Gesicht auf dem Monitor, das grauenhafte Liturgien des Blutes und der Erlösung von sich gab. Und vor allem die konfrontationsbereite Gestalt von Frank Black, offen, aber kompromißlos überzeugt, in der Hand die Fernbedienung des Viderorecorders, die er nun wie einen Dolch hielt. Der Detective wartete ab, weil die anderen nicht merken sollte, daß sein Herz sich in ihm verkampfte, nicht merken sollten, daß er sehnsüchtig darauf hoffte, daß Frank sich selbst aus der Schlinge ziehen würde, indem er eine handfeste Erklärung für die Morde lieferte, anstatt die Weltuntergangslitaneien eines Verrückten zu zitieren.

Aber Frank sagte nichts. Stand nur da, auf seltsame Weise ruhig, betrachtete die erwartungsvollen Gesichter der Detectives, die unentschlossen zwischen Giebelhouse, Bletcher und ihm hin und her blickten, um dann ebenfalls Bletcher anzusehen.

Der Chief Detective wartete noch einen Augenblick. Dann ein „Nein“. Das Wort brachte seine gesamte, auf achtzehn Jahren Polizeidienst fußende Kompetenz zum Ausdruck. „Nein. Tut mir leid, Frank.“

Stille erfüllte den Raum. Eine unsichtbare

Trennlinie war gezogen worden, zwischen Bletcher und Giebelhouse auf der einen Seite, und einem unliebsamen Eindringling auf der anderen. Ohne ein weiteres Wort drehte sich Frank um und betätigte die Auswurftaste des Videorecorders. Er nahm die Kassette heraus und gab sie Bletcher.

„Ich muß nach Hause zu meiner Familie“, sagte er. Und ging.

15

Als er seinen Wagen in der Tiefgarage unter dem Gebäude für soziale Einrichtungen gefunden hatte, stieg er ein und zog die Tür hinter sich zu. Hier, allein im künstlichen Halbdunkel unter Tausenden Tonnen von Beton und Stahl, ließ er sich endlich gehen – nur für einen winzigen Moment, eine Sekunde der Klarheit, in der er weder Catherines Mann noch Jordans Vater war und auch nicht ein weißes, unbeschriebens Blatt Papier, auf dem das Böse seine Handschrift hinterlassen konnte, immer wieder und wieder, bis er zusammenbrechen würde – in diesem Augenblick war er nichts außer Frank Black, ein kleiner Funke des Bewußtseins, den weder sein Gewissen noch seine Kenntnisse mit dieser Stadt oder mit dem Rest der Welt verbanden.

Doch existierte diese Überzeugung wirklich nur für jenen winzigen Moment. Schließlich war die Welt *tatsächlich* da, drückte ihr Gesicht an das Fenster, heischte um seine Aufmerksamkeit. Catherine hatte recht: Er würde nicht fortgehen, und wenn er sich noch so sehr etwas vormachte. Beim Gedanken an Catherine lösten sich das Gefühl von Mattheit und der Zweifel der Niederlage auf und förderte Bilder von Jordan zutage, wie sie mit zusammengekniffenen Augen und vor Vergnügen quietschend an einem Sonntagmorgen zwischen ihren Eltern im Bett liegt. Und in diesem Augenblick, als er die beiden vor sich sah, diese beiden Menschen, die ihm mehr bedeuteten als alles andere auf der Erde, in diesem Augenblick war Frank davon überzeugt, daß er sich doch nichts vormachte.

Ein Wagen huschte vorbei, das Fahrgeräusch von der höhlenähnlichen Akustik der Tiefgarage verstärkt. Frank blinzelte kurz, um alles aus seinem Kopf zu befördern, was sich dort angesammelt hatte: Jordan, Catherine, Bletcher, der Franzose. Dann ließ er den Wagen an und lenkte ihn Richtung Ausfahrt.

Als er etwa die Hälfte der Ausfahrtrampe hinter sich gebracht hatte und die Augen zusammenkniff, weil ihn das von draußen hereinfallende, graue Tageslicht blendete, sprang plötzlich eine untersetzte Gestalt vor den Cherokee. Frank trat heftig auf die Bremse und brachte den Wagen mit quietschenden Reifen zum Stehen. Die Gestalt trommelte heftig mit den Fäusten auf die Motorhaube und lief dann zur Fahrertür. Frank verzog den Mund, als er Bletcher erkannte.

Er kurbelte das Fenster herunter. Regen wehte in das Innere des Fahrzeugs und Bletchers Anzugjacke war tropfnaß, was ihn jedoch anscheinend nicht störte.

„Nenn mir einen guten Grund, warum ich unrecht habe!“ rief Bletcher. Seine Hände klammerten sich an der Fensterkante fest. „Warum sollte ich auf dich hören?“

Frank schüttelte seinen Kopf und versuchte, seiner Stimme einen unbeteiligten Klang zu geben, um nicht besserwisserisch zu wirken. „Du bist da in eine vertrackte Lage geraten, Bob. Du hast Vorgesetzte, denen gegenüber du dich verantworten mußt, eine Abteilung zu leiten –“

„Sag mir, was du wirklich weißt – weshalb du *so davon überzeugt bist!*“ Bletchers eindringlicher Tonfall wirkte nun fast flehend. „Wie machst du das nur, Frank?“

Frank sagte nichts. Nach einem Moment hob Bletcher seinen Kopf. „Du *siehst* es, oder so etwas, nicht wahr?“ bohrte er weiter.

Frank seufzte. „Es ist ziemlich kompliziert, Bletch.“

„Du *siehst* es, so ist es doch, oder?“

Frank schwieg. Ein Regenschwall fegte von draußen durch das Tor und prasselte auf die

Windschutzscheibe. Schließlich sagte er: „Ich sehe, was der Mörder sieht."

„Was?" Bletcher steckte seinen Kopf in die Fensteröffnung. „Wie ein – wie ein Hellseher?"

„Nein." Frank sprach übertrieben langsam, so als ob er seiner kleinen Tochter irgendeinen komplizierten Vorgang aus der Welt der Erwachsenen erklären wollte. „Ich versetze mich in seinen Kopf. Ich werde zu dem, wovor wir uns am meisten fürchten."

„Wie?"

„Ich werde zu einem Spielball der Möglichkeiten. Zu einem Horror." Franks Worte fielen von seinen Lippen wie Steine von einer Steilküste. „Was wir kennen, können wir auch werden. In unserem Herz der Dunkelheit. Es ist meine Gabe . . . und mein Fluch. Und der Grund, warum ich aufgehört habe", schloß er, während er zum ersten Mal tief in Bletchers ernsthafte, fast furchtsame Augen blickte.

„Aber was zur Hölle machst du dann hier, Frank?" flüsterte der Detective. „Verschwinde. Laß die Dinge einfach ihren Lauf nehmen."

Franks Gesicht wirkte nun erschöpft. „Hab's versucht."

„Und warum bist du wieder dabei?" forschte Bletcher.

Aber Frank schüttelte nur seinen Kopf. „Ein anderes Mal, Bletch", sagte er leise, kurbelte die Scheibe hoch und fuhr im Regen davon.

Als er nach Hause kam, stand Catherines Wagen nicht auf der Einfahrt. Frank sah auf seine Uhr – nach drei, also mußte Jordan eigentlich schon von der Schule zurück sein. Er parkte den Wagen ein und spurtete durch den Regen zur Veranda. Schlagartig blieb er stehen.

Die Tür war nur angelehnt. Kein Laut drang aus dem Haus: kein Geplapper von Jordan über die Schule, auch keine Antworten auf Catherines leise Fragen, kein Radio, und auch nicht die fröhlichen Jingles, wie sie für *Wishbone* oder die anderen TV-Sendungen so typisch waren, die seine Tochter favorisierte. Vorsichtig stieß er die Tür auf und betrat die Eingangshalle.

„Catherine?"

Keine Antwort. Die Kartons, die Catherine zum Recyclingzentrum hatte bringen wollen, standen noch immer da. Die Zeitung lag dort, wo er sie heute morgen hingelegt hatte, ungelesen, immer noch in ihrem Kunststoffumschlag. „Catherine?" rief er wieder, während er zur Küche ging. „Jordan?"

In der Küche war niemand. Kein Notizzettel auf der Arbeitsplatte. Die LCD-Anzeige des Anrufbeantworters stand auf „0“. Mitten auf dem Fußboden lag ein aufgeschlagenes Magazin, so wie es zu Boden gefallen war, mit dem Rücken nach oben.

„Catherine!“ rief Frank nun, während er ins Obergeschoß stürmte.

In Jordans Zimmer fand er das Bett ordentlich gemacht vor, mit einer neuen, pinkfarbenen Tagesdecke, darauf eine neue Knuddel-Bulldogge, die das Kopfkissen seiner Tochter zu bewachen schien. Er wandte sich ab und lief zum anderen Schlafzimmer, sah auf dem Weg kurz ins Badezimmer hinein. Der Abfalleimer lag auf der Seite, alte Papiertaschentücher quollen heraus. Auf dem weißen Porzellanrand des Waschbeckens der rote Abdruck einer Kinderhand, leuchtend wie ein Warnsignal.

„Jordan“, keuchte Frank. Er stürzte aus dem Raum und rannte ins Erdgeschoß und hinaus aus dem Haus, verfolgt von den trommelnden Echos seiner eigenen Schritte.

Er hatte bereits den Rasen halb überquert, sein Herz schlug ihm bis zum Hals, sein Gesicht vom Regen geohrfeigt, als er das Knallen einer Tür hörte.

„Frank! Warten Sie, Frank!“ Er schirmte

seine Augen gegen den Regen ab und erkannte Jack Meredith, seinen Nachbarn, der ihm nun entgegenlief. „Frank –“

„Haben Sie Catherine und meine Tochter gesehen?“ rief Frank.

Meredith nickte aufgeregt, sein rundes Gesicht rot vor Anstrengung. Er keuchte, hatte den Regenmantel nur halb übergestreift und zog sich die Kapuze zurecht, während er sprach. „Ich wollte gerade rübergehen und Ihnen eine Notiz hinterlassen“, sagte er atemlos. „Sie konnte Sie nicht erreichen, da –“

„Wo sind die beiden?“

„Im Krankenhaus –“

„Was ist passiert?“

Meredith wiegte seinen Kopf und schöpfte nach Atem. „Ihr kleines Mädchen – sie hatte eine Art Anfall . . .“

Seine Worte verloren sich im Regen. Jack Meredith stand da und sah zu, wie Frank sich in den Wagen stürzte. Momente später rollte der Cherokee von der Auffahrt. Der alte Mann hob die Hand zu einem stummen Abschiedsgruß, drehte sich dann um und stapfte zu seinem Haus zurück.

16

Über die Jahre hatte Frank viel zu viele Stunden in Krankenhäusern verbracht. Der einzige der vielen Anlässe, an den er sich gerne zurückerinnerte, war die nächtliche Geburt von Jordan, die nun fast sieben Jahre zurücklag.

Während er durch die Eingangstür der Notaufnahme huschte, fühlte er sich wieder an diese Nacht erinnert: Es war derselbe, in gewisser Weise Zuversicht erweckende Geruch von Desinfektionsmitteln und durch die Klimaanlage aufbereiteter Luft, dieselbe Geräuschkulisse mit den ständigen Meldungen der Rufanlage, den Piepsern von Pagern und Telefonen, dasselbe Gemurmel von Menschen.

Doch jetzt wirkte dies alles nur finster und bösartig auf ihn. Die auf den Gängen lungernden, mit gedämpften Stimmen diskutierenden Ärzte, der Pulk der Krankenschwestern hinter dem Tresen der Notaufnahme, die grüngekleideten MTA, die aus den Aufzügen eilten oder in ihnen verschwanden. Dann sah er zwei Hilfskräfte, die eine Rollbahre durch den Flur schoben. Ein kleiner

Körper lag darauf, das Laken bis zum Kinn hochgezogen. Das Gesicht des Kindes war von einer Sauerstoffmaske bedeckt, so daß er nicht erkennen konnte, ob es Jordan war. Ein Arzt folgte der Rollbahre und überflog dabei den Inhalt einer Krankenakte. Auf den Kitteln waren Blutspuren zu sehen, und auch auf dem Laken, mit dem das Kind zugedeckt war.

„Jordan“, flüsterte Frank. Er stolperte hinter der Rollbahre her und rempelte beinahe eine Krankenschwester an. Er nutzte dies sofort als Gelegenheit, sich bei ihr zu erkundigen.

„Meine Tochter wurde hier eingeliefert – Jordan Black –“

Die Krankenschwester hob die Augenbrauen. „Jordan Black?“ Sie warf einen Blick auf den Stoß Papier, den sie in der Hand hielt. Aber bevor sie etwas sagen konnte, hörte Frank eine andere Stimme.

„Frank –“

„Catherine!“ Er eilte auf die Stelle zu, an der sie stand, direkt neben den Aufzügen. Sie wirkte erschöpft, und er ergriff verzweifelt ihre Arme.

„Was ist mit ihr passiert?“

Catherine schüttelte ihren Kopf und kämpfte gegen die Tränen an. Ihre Stimme klang belegt. „Ich war gerade in der Küche, als es oben rumste. Ich fand sie im Badezimmer auf dem Fußboden. Sie ist zusammengebrochen und dabei mit dem Kopf gegen das Waschbecken geschlagen. Sie führen gerade die Tests durch . . ."

„Wo ist sie jetzt?"

Catherine machte eine schlaffe Handbewegung in Richtung des Aufzugs. „Auf der Intensivstation der Kinderabteilung. Sie schläft jetzt. Sie haben ihr etwas gegeben . . . sie hatte sehr hohes Fieber."

Die Türen des Aufzugs öffneten sich, und er folgte ihr hinein, umdrängt von Krankenschwestern, Ärzten, einer Frau mit einem herzförmigen, heliumgefüllten Ballon und einem Teddybären. Auf der Etage der Kinderstation verließen sie den Aufzug, und er lief wie betäubt neben seiner Frau her. Die fröhlich gelbgestrichenen Wände mit den bunten Postern und von Kindern gemalten Bildern wirkten auf ihn wie eine monströse Geschmacklosigkeit, eine boshafte Verhöhnung der bleichen, kleinen Gestalten, die er im Vorübergehen durch die geöffneten Türen ihrer Zimmer sehen konnte. Ein Mädchen, zerbrechlich wie ein Gespenst, ihr kahler Schädel reflektiert das Licht eines Fernsehers, auf dem *Barney, der Bär* seine Kapriolen trieb; ein Mann saß mit gebeugtem Kopf neben einem Krankenbett; zwei kleine Kinder tollten mit ihrem älteren Bruder herum, zupften an seinem Krankenhauspyjama.

„Hier", Catherine blieb vor einer weit geöffneten Tür stehen, „hier drin . . ."

Er betrat den Raum, Catherine dicht hinter ihm. Es dauerte einige Momente, bis er seine Tochter sah, zwischen all den blinkenden Monitoren, den transparenten Spiralschläuchen des Tropfs, den massiven Stahlrohren des Krankenbetts.

Aber da lag sie, eine kleine Gestalt zwischen gelben Laken, der maschinengewobenen, tulpenbedruckten Steppdecke. Frank blinzelte und hielt schnell eine Hand vor seine Augen, bevor er zum Bett hinüberging. Jordans Gesicht war kreidebleich, ihr lockiges Haar klebte eng an ihrem Kopf. Auf ihrer Braue klebte ein Herzbärchi-Pflaster, das eine scheußliche Beule verdeckte. Der schlangenartige Schlauch des Tropfs bohrte sich tief in ihren Arm. Eine kleine Hand lugte unter der Steppdecke hervor, die Finger weit geöffnet.

„Sie sind ziemlich sicher, daß es nur eine ziemlich heftige Reaktion auf die Grippe war", sagte Catherine leise. „Der Arzt sagt, daß es bei Kindern nicht ungewöhnlich ist, daß sie Ohnmachtsanfälle erleiden, wenn sie sehr hohes Fieber haben."

Frank schüttelte seinen Kopf. Er hatte einen Kloß im Hals. „Wann wissen sie Bescheid?“

„Sie wollen einen Spezialisten zu Rate ziehen.“

„Und warum ist der noch nicht hier?“

Catherine seufzte. „Er ist bereits unterwegs.“

Frank senkte seinen Kopf und streifte sanft die Wange seiner Tochter mit den Lippen. „So verletzlich“, hauchte er.

Er verharrte einige Minuten in dieser Stellung, beobachtete das Anheben und Senken von Jordans Brustkorb unter der Decke, lauschte dem gleichmäßigen Blubbern des Tropfs. Schließlich sah er Catherine an.

„Du solltest dich erst mal ausruhen“, sagte er. Er wies mit dem Kopf auf ein sauber bezogenes Klappbett, das an der einen Wand stand. „Ich bleib hier.“

„Wir bleiben beide hier“, erwiderte Catherine und zog sich einen Stuhl heran, um die Krankenwache darauf fortzusetzen.

Es verging eine ganze Weile, bis er aufwachte; haltlos in seinem Sessel ausgestreckt, so wie er eingeschlafen war. Jemand hatte das Licht im Raum heruntergedreht, und sogar von hier aus bemerkte er, wie ruhig es in der Kinderstation nun war. Catherine lag auf dem

Klappbett, offenbar so vom Schlaf übermannt, daß sie sich nicht einmal zugedeckt hatte. Jordan lag immer noch genau so in ihrem Bett wie zuvor, nur war ihr Mund nun leicht geöffnet und die kleine Hand zur Faust geballt. Frank blieb lange Zeit bewegungslos sitzen und betrachte sie.

Zwischendurch nickte er wieder ein, bis er von einem Geräusch erwachte. Er öffnete seine Augen und sah die Nachtschwester, die mit leisen, aber forschen Schritten das Zimmer betrat. Sie trug ein Tablett mit Medikamenten. Frank sah ihr zu, ohne sich zu bewegen, als sie an Jordans Bett herantrat und das Tablett abstellte, bevor sie den Katheter herauszog. Sie hielt Jordans schlaffen Arm hoch, säuberte die Einstichstelle und und zog eine Spritze an dem dünnen Schlauch auf, der in einem blutgefüllten Becherglas endete. Jordan bewegte sich unruhig, und die Schwester flüsterte ihr sanft beruhigende Worte zu. Einige Sekunden später färbte sich der Schlauch dunkelrot und füllte das Becherglas mit Blut.

Die Schwester warf ihm über ihre Schulter einen Blick zu und sah dann wieder Jordan an. Er starrte nur mit weit aufgerissenen Augen die Spritze in ihrer Hand an.

„Frank?" erklang Catherines leise Stimme

vom anderen Ende des Zimmers. Sie blinzelte schläfrig und warf dann einen besorgten Blick auf Jordan, um sich zu vergewissern, daß es ihr gut ging. Dann sah sie mit einem besorgten Blick ihren Mann an. „Was ist los, Frank?“

Seine Augen wurden zu Schlitzen, und sein Gesicht nahm einen angespannten, fast hungrig wirkenden Ausdruck an. „Er nimmt ihnen ... Blut ab.“ Hinter seinen Augen pulsierte Wärme, und er fühlte, wie ein siedendheißer Strom sein Rückgrat emporkroch.

Catherine schüttelte verwirrt ihren Kopf. „Wer?“

„Der Killer.“ Er stand auf, erwiderte ihren Blick und nickte. „Es gibt noch mehr Leichen. Er vergräbt sie bei lebendigem Leibe.“

Catherine zögerte. Sie warf einen schnellen Blick auf ihre Tochter, dann sah sie wieder ihren Mann an. „Geh schon, Frank“, sagte sie nachdrücklich.

Wortlos nahm er seinen Mantel und verließ den Raum.

17

Bletcher und seine Männer waren bereits im Wald, als Frank dort ankam. Er sah eine Reihe von Polizeiwagen und die weniger auffälligen Autos der Zivilfahnder, die an einem gottverlassenen Straßenabschnitt abgestellt waren. Aus der Ferne hörte er das Bellen der Suchhunde. Er rannte durch das Unterholz und wurde nicht langsamer, bis er die ersten Lichtpunkte im Dickicht ausmachte, die von Dutzenden, durch die Dunkelheit hüpfenden Taschenlampen stammten. Der Wind blies kalt vom Fluß herüber und trug den Geruch von Steinen und geschmolzenem Schnee mit sich. Über ihm brach der Mond durch die Wolken, berührte mit seinem schwermütigen Silberlicht die Zweige und Laubsansammlungen, bevor er wieder hinter dem Wolkenvorhang verschwand. Während Frank sich dem Suchtrupp näherte, wurde die letzte Illusion einer unberührten Waldlandschaft durch das Geplapper aus den Funkgeräten zerstört.

Er traf auf Bletcher, der hinter dem Trupp hertrottete. Wie die anderen hatte er sich mit dicker Kleidung gegen die Kälte geschützt und sein Atem stieß wie heißer Dampf in die Nachtluft. Er hob eine Hand, um Frank zu begrüßen. Dann hob er das Funkgerät an, das nun eine laute Botschaft von sich gab.

„. . . wir haben das gesamte Areal eine Meile nördlich bis runter zum Fluß durchgekämmt. Nichts.“

Bletcher zog ein Gesicht. „Verstanden.“ Er verlangsamte seine Schritte, damit Frank ihn einholen konnte, der hinter ihm durch das frosterstarrte Laub schlurfte. „Ich blas die Aktion ab, Frank. Die örtliche Suchtruppe ist fast schon eine Stunde hier, und das gilt mehr oder weniger auch für meine Männer. Glaub mir, das führt zu nichts. Wir machen morgen weiter, bei Tageslicht.“

Er wartete auf eine Reaktion von Frank, aber der lief einfach weiter. Sein Kopf bewegte sich vor und zurück, während er die Baumstämme abtastete und die Konturen der Felsen befühlte. „Dann könnten sie schon tot sein“, sagte er nur, und ließ Bletcher einfach stehen.

Während Bletcher ihm nachstarrte, tauchten Giebelhouse und Kamm bei ihm auf. Giebelhouse war stinkwütend auf Frank. „Jesus Christus, was denkt sich der Kerl eigentlich?“ fluchte er mit klappernden Zähnen. „Daß unser Mann sie zwecks zukünftiger Wiederbelebung einfriert?“

„Was hat er nur vor?“ wunderte sich auch Kamm.

Bletcher schüttelte ratlos seinen Kopf. „Keine Ahnung.“ Er rannte los und schlug sich bei einem schmalen Wildwechsel in die Büsche, um Frank hinunter zum Fluß zu folgen. „Aber ich werde es herausfinden ...“

Der letzte Regenschauer hatte den Fluß über das Ufer getrieben. Bis an den Waldsaum stand das schwarze Wasser, dessen turbulente Oberfläche lebhaft das Licht des rastlosen Mondes reflektierte. Hier hatte sich der Suchtrupp eingefunden. Mit wechselnder Marschrichtung durchsuchten sie den Waldrand und leuchteten dabei mit ihren Taschenlampen das gegenüberliegende Ufer ab, wobei sie eine geisterhaft wirkende Lichtbarriere entlang des Ufers bildeten. Die Hunde winselten, zogen an ihren Leinen und schnüffelten hektisch am Rande des Wassers herum. Bletcher blinzelte und schützte seine Augen mit einer Hand, als sich einige der gleißenden Halogenscheinwerfer auf ihn richteten.

„Das war’s, Bob“, schrie ihm jemand entgegen. „Bis hier und nicht weiter, oder?“

Bletcher ging auf die anderen zu und versuchte Frank ausfindig zu machen. Plötzlich hörte er ein Plätschern. Er hielt an und sah schließlich, daß es Frank Black war, dessen schlaksige Gestalt nun die Strömung durchwatete.

„Frank!“ schrie Bletcher. „Verdammt, was machst du da? Du wirst dir den Tod holen!“

Doch Frank ließ sich nicht beeindrucken und tastete sich weiter vorsichtig durch das rasch strömende Wasser voran. Bletcher fluchte wütend, als er dabei zusehen mußte, wie Frank sich so weit vorwagte, daß ihm das Wasser bis zu den Hüften stand.

„Verdammt noch mal, Frank!“

Bletcher bahnte sich seinen Weg durch die Menge, die der einsamen Gestalt fassungslos zusah. Als er die Wassergrenze erreichte, blieb er für ein paar Sekunden stehen. Dann nahm er einen tiefen Atemzug und folgte ihm ins Wasser.

„Jesus!“ Die Kälte überfiel ihn so schlagartig und intensiv, daß er einen Augenblick lang keinen Muskel rühren konnte. Doch bevor er auch nur einen Gedanken fassen konnte, setzten sich seine Beine bereits in Bewegung und er begann, den Fluß zu durchqueren. Von hinten hörte er die Stimmen der anderen Detectives und der Suchleute, die den Vorfall lautstark kommentierten.

„Bist du nicht mehr ganz dicht, Bletch!?“

„Ach, laß ihn nur!“

„Um Himmels willen, Bob!“

Bletcher ignorierte sie. Statt dessen watete er weiter, keuchte, als das Wassr zunächst seine Fußknöchel überflutete, dann seine Waden und schließlich die Hüften, bevor es seinen Schoß erreichte. „Gut, daß ich bereits Familie habe“, frotzelte er mit zusammengebissenen Zähnen, als er endlich das andere Ufer sah.

Vor ihm hüpfte das Licht von Franks Taschenlampe über die Bäume und von einem Gebüsch zum nächsten. „Frank! Warte auf mich!“ schrie Bletcher, während er aus dem Wasser stieg und seine eigene Taschenlampe auf den Waldsaum richtete. Er rutschte fast auf dem gefrorenen Boden aus, als er loszurennen begann – hauptsächlich, um die Durchblutung in seinen Beinen anzuregen, obwohl das nicht der einzige Grund war. Als er die Baumgrenze erreichte, war der Boden nicht mehr so rutschig. Kleine Steine und steinhart gefrorene Blätter knirschten unter seinen Sohlen. Er versuchte, Frank nicht aus den Augen zu verlieren, hielt immer nach der Taschenlampe Ausschau, deren Schein nun durch den Nachtschatten raste wie ein wildgewordenes Irrlicht.

„Frank!“ rief er wieder, als er plötzlich unter seinem Fuß etwas Hartes spürte. Ein dunkles, hohles *Tunk!* Bletcher erstarrte und starrte auf den Boden. Dann hob er den Fuß und trat schnell und fest auf die gleiche Stelle des Waldbodens.

Tunk!

Da war etwas Hohles, direkt unter ihm.

„Frank!“ rief er mit fast hysterischer Stimme, während er sich auf die Knie fallen ließ. „Frank, hierher! Ich habe etwas gefunden –“

Wie ein Wahnsinniger fegte er die Blätter zur Seite. Hinter ihm tauchte atemlos Frank auf und kniete sich neben ihn. Gemeinsam schaufelten sie hektisch das Laub beiseite, bis sie von einer Wolke verdorrter Blätter eingehüllt wurden. In wenigen Sekunden hatten sie die Stelle freigescharrt. Bletcher starrte fassunglos nach unten.

„Jesus ...“

Wo eben noch Blätter gelegen hatten, erschien nun der Deckel eines Sarges. Die Oberfläche war von kleinen Öffnungen durchbrochen, Atemlöcher. Ungelenke Buchstaben bildeten einen Schriftzug auf dem ungeschliffenen Holz:

LA GRANDE DAME

Jetzt gab es für Frank und Bletcher kein Halten mehr. „Such nach der Deckelkante!“ schrie Frank. „Dort –“

Er zeigte auf eine Ecke des Sarges, die sich leicht aus der Erde erhob. Bletcher packte zu und versuchte, ihn hochzuzureißen. In diesem Augenblick ertönte ein dumpfes Hämmern aus dem Sarg und kurz darauf verzweifelte, kaum menschlich klingende Schreie. Bletcher hielt entsetzt inne.

„Oh mein Gott –“

„Such nach den Schrauben – der andere Sarg war zugeschraubt –“, brüllte Frank. Er zog ein Schweizer Armeemesser aus der Tasche und setzte es an dem Punkt an, auf den Bletcher nun deutete, bis die Klinge sich merklich im Schlitz der Schraube verankerte. Während er sie herauszudrehen begann, wurden die gedämpften Schreie aus dem Sarg lauter und rasender. Der Deckel zitterte, während das, was unter ihm lag, sich immer verzweifelter zu befreien versuchte.

„Gib her!“ rief Bletcher, und nahm von Frank das Armeemesser entgegen, um die nächste Schraube loszudrehen. Aber seine Hand zitterte so sehr, daß das Messer zu Boden fiel. Frank nahm es blitzschnell vom Boden auf und führte zu Ende, was der andere begonnen hatte.

Eine Ecke des Sarges war bereits lose. Die Schreie wuchsen zu einem infernalischen Jaulen des Terrors an. Frank und Bletcher zerrten nun an dem Deckel, versuchten verzweifelt, genug Hebelwirkung anzusetzen, um ihn herunterzureißen. Das Holz begann zu splittern und gab schließlich abrupt nach, worauf sie beide rücklings im Laub landeten. Während sie sich aufrichteten und ihre Taschenlampen wieder an sich nahmen, tauchte eine Gestalt aus dem Sarg auf. Ein Gestank von Exkrementen und brandigem Fleisch schlug ihnen entgegen, so heftig, daß Bletcher einen erstickten Laut von sich gab. Und dann zuckte er entsetzt zurück, als er die Gestalt sah, die nun neben ihnen zusammenbrach –

Ein junger Mann, so schmutzig, daß es unmöglich war, die Farbe seiner Haut zu erkennen, unmöglich zu sagen, ob überhaupt noch Fleisch auf seinem Gerippe klebte. Er lag hilflos zuckend im Laub und schrie immer weiter. Und nun konnte Bletcher sehen, warum die Laute so dumpf klangen: Der Mund des Junges war zugenäht, genau wie die Augen. Auch seine Hände waren zusammengenäht, mit groben Stichen an den Handgelenken, die Haut drumherum brüchig und dünn wie blutiges Pergament. Seine Augenlider bluteten: Irgendwie hatte er es geschafft, sie halb aufzureißen. Sein Gesicht war verzerrt zu einer Maske wahnsinnigen, tierhaften Horrors, ein Ausdruck, wie Bletcher ihn noch nie zu Gesicht bekommen hatte.

„Mein Gott!“ flüsterte der Detective. Dann, als ob er aus einem Alptraum erwacht wäre, begann er mit rauher Stimme zu schreien, so laut er nur konnte:

„Sanis! Wir brauchen die San-Truppe hier. SANITÄTER!“

Von der anderen Seite des Flusses waren nun aufgeregte Rufe zu hören, und ein Platschen verkündete, daß die Sanitäter bereits auf dem Weg waren. Die Schreie des am Boden liegenden Jungen versiegten zu einem seltsam gurrenden Wimmern. Frank nahm ihn sanft in die Arme und begann ihn aufzurichten, wartete dann einen Augenblick, bis Bletcher auf den Füßen war und ihm zu Hilfe eilte. Zusammen schleppten sie die zitternde, fantasierende Gestalt von ihrer Gruft fort. Seine Haut fühlte sich feucht und eiskalt an. Frank warf einen Blick auf das blutende Etwas, auf die vor Schmutz und Unrat starrende Kleidung, legte dann einen Arm um ihn und zog ihn an sich, um ihn zu wärmen. Der Junge sträubte sich, zitterte vor Kälte und Panik. Frank mußt daran zurückdenken, wie er eins Nachts Jordan in den Armen gehalten hatte, als sie die Windpocken hatte, ihr kleiner Körper geschüttelt vom Fieber, das sie abwechselnd brennen und wieder gefrieren ließ.

Er verstärkte seine Umarmung und murmelte dem jungen Mann sinnlose Laute zu, die Beruhigung und Sicherheit vermitteln sollten, in dem Versuch, ihn davon zu überzeugen, daß die Welt wieder ihren gewohnten Lauf nehmen, daß alles wieder gut werden würde, daß der Alptraum vorbei war.

Aber Frank wußte genau, daß es nicht so war. Er kannte die grausige Wahrheit, die Tatsache, daß der Alptraum für manche Menschen niemals enden würde.

Er reckte den Hals, bis er die Handscheinwerfer sah, die schnell durch die Dunkelheit jagten – das erste Anzeichen dafür, daß die Sanitäter bald bei ihnen eintreffen würden. Einige Meter hinter ihm hockte Bletcher neben dem grob zusammengenagelten Sarg, eine Hand vor dem Gesicht, um Mund und Nase vor dem allgegenwärtigen Gestank zu schützen. Plötzlich gab er einen scharfen Laut von sich und griff beherzt in die Kiste hinein.

In der einen Ecke hatte er eine Plastiktüte entdeckt. Mit zitternden Fingern ergriff er sie und zerrte sie hervor. Sie war erstaunlich schwer, und mit einer schleimigen Flüssigkeit besudelt. Er hielt sie hoch und schwenkte mit der anderen Hand den zitternden Lichtkreis seiner Taschenlampe darauf.

Durch den matten Kunststoff starrte ihm ein Gesicht entgegen, die Augen bereits von Verwesung zerfressen, das verfilzte, blonde Haar auf den eingesunkenen Wangen klebend. Er erkannte Reste verfaulten Fleisches an den kantigen Auswüchsen der Nackenwirbel, die sich nach vorne durchgedrückt hatten. Ein Ohr war halb abgetrennt und baumelte wie eine verdorbene Frucht neben ihrem Kiefer. Auf der Stirn war ein Wort eingeritzt, tief und kantenscharf wie ein frisches Brandmal:

MYSTERY

„Calamity", flüsterte Bletcher. Tränen des Entsetzens und der Abscheu füllten seine Augen. Er erhob sich und drehte sich zitternd zu Frank um. In diesem Augenblick brachen die Sanitäter und die Suchtrupps durchs Unterholz und verharrten kurz am Rand der Lichtung, um die Lage zu erfassen. Schockiert sahen sie ihren Chef an, der wortlos seine makabre Trophäe hochhielt.

„Sie sind hier, um dir zu helfen", murmelte Frank dem jungen Mann zu, der sich immer noch wimmernd aus der Umarmung zu winden versuchte. Vorsichtig überließ er den Jungen den Sanitätern und wandte sich an die Männer des Suchtrupps.

„Vielleicht finden wir noch jemanden“, sagte er, und schwenkte die Hand, um auf das umliegende Waldgebiet hinzuweisen. Laute der Zustimmung gingen durch Bletchers Truppe, und einer der Hunde bellte pflichteifrig. Dann verteilten sich die Männer und machten sich endlich ernsthaft daran, den Wald abzusuchen.

18

Es war bereits kurz vor Sonnenaufgang, als Frank und Bletcher wieder im Hauptquartier eintrafen. Schmieriges Morgenlicht quälte sich durch die Scheiben von Bletchers Büro. Ständig eilte irgend jemand in den Raum und brachte Unterlagen, Faxe oder Briefe mit, um gleich darauf wieder zu verschwinden. Frank saß mit geschlossenen Augen in einem Drehstuhl. Bletcher dagegen schaukelte rastlos auf dem Bürosessel hinter seinem Schreibtisch herum, den Telefonhörer ans Ohr geklemmt.

Ein Schatten erschien in der Tür. Jemand ging durch den Raum auf Frank zu und tippte sanft an seine Schulter. Er öffnete die Augen und starrte in das etwas peinlich berührt wirkende Gesicht von Giebelhouse.

„Hier. Ich dachte mir, Sie könnten's vertragen", sagte er, und reichte Frank einen mit Kaffee gefüllten Becher.

Frank nahm ihn entgegen. „Danke."

Giebelhouse nickte, was wohl seine Art war, sich zu entschuldigen, und lehnte sich gegen einen Tisch. „Sie haben noch zwei Särge gefunden. Beide waren leer."

Frank musterte ihn kühl. „Das hätte sich möglicherweise bald geändert.“

Hinter ihnen warf Bletcher den Hörer auf die Gabel und wandte sich dann ihnen zu. „Der junge Mann hat gerade eine kurze Beschreibung des Verdächtigen abgegeben. Ein Weißer, Ende Zwanzig, trägt eine Baseballmütze. Sie arbeiten gerade an einem Phantombild.“ Er sah Giebelhouse eindringlich an und fügte hinzu: „Er hat dem Opfer Blut abgenommen.“

Giebelhouse schwieg. Er sah zu Bletcher, dann zu Frank, nickte schließlich dem hageren Mann zu. „Ich geb’s raus“, meinte er und verließ eiligst den Raum.

Bletcher sah Frank mit hochgezogenen Brauen an.

„Der Richtspruch des Killers, wenn man so will“, erklärte Frank. Seine Stimme drückte unumstößliche Gewißheit aus. „Wahrscheinlich führt er zunächst einen Bluttest an seinen Opfern durch und vollstreckt danach das Todesurteil.“

Bletcher hob seine Hände in einer Gebärde der Hilflosigkeit. „Also, wie können wir ihn schnappen?“

„Indem wir die Tatorte überwachen. Mörder neigen dazu, sie wieder aufzusuchen. Postiere jeden Mann, den du entbehren kannst, in dem Wald da draußen. Klappere sämtliche medizinischen Labors ab, die sich mit Blutanalysen befassen."

Bletcher nickte. „Klar. Wir haben die Labors bereits benachrichtigt."

Frank seufzte und stand auf. Seine Sachen waren verdreckt, mit Schmutz und Blut besudelt, und unter seinen Augen hatten sich tiefe Schatten gebildet. „Ich muß Catherine anrufen."

Bletcher schob ihm das Telefon über den Schreibtisch zu. Als Frank den Hörer von der Gabel nahm, meinte der Detective in gepreßtem Tonfall: „Achtzehn Jahre, Frank. Ich glaube nicht, daß ich in dieser ganzen Zeit etwas erlebt habe, was auch nur annähernd so schrecklich war wie die letzte Nacht."

Frank sah in Bletchers weit aufgerissene Augen, und es sah aus, als ob er die entsetzlichen Szenen im Wald noch einmal durchleben würde. „Hast du schon einmal auf der Intensivstation am Bett deines Kindes gesessen?"

Bletcher atmete tief ein und nickte. Während Frank auf die Wähltasten hämmerte, stand er auf und ging zur Tür, drehte sich aber noch einmal um, bevor er den Flur betrat.

„Heute nacht ist mir einiges klargeworden, Frank. Was es dir antut. Was es dir angetan hat. Und warum du alles hingeschmissen . . ."

Frank hörte zu wählen auf und legte langsam den Hörer zurück. Er seufzte und fuhr mit einer Hand durch sein Gesicht. „Die Grausamkeiten selbst, die unsäglichen Verbrechen – das wirkt nur noch abstumpfend, berührt einen nicht mehr. Das ist der Alltag." Er sprach, als ob er die Worte aus seinem Gedächtnis hervorholte, sie schon Hunderte von Malen ausgesprochen hätte. „Nach einer Weile hört man auf, noch etwas dabei zu empfinden."

Bletcher zuckte die Achseln. „Was war es dann?"

Frank seufzte und hockte sich auf die Kante von Bletchers Schreibtisch. „Ich war an einem Serienmord in Minnesota dran. Der Name des Mörders war Ed Cuffle. Er suchte sich irgendeine Wohngegend aus, irgendeine Haustür – komplett zufällig. Wenn die Tür nicht abgeschlossen war, faßte er das als Einladung auf und metzelte jeden nieder, der daheim war. Dann machte er Polaroids von den Opfern und schickte sie an die Polizei."

Er atmete tief ein, bevor er fortfuhr: „*So* gehen Serienkiller vor – deshalb sind es *Serien*killer. Das Töten, das Verbrechen selbst, das gibt ihnen den ersten Kick, den zweiten Kick bekommen sie dadurch, daß sie nicht geschnappt werden. Also machen sie es noch mal, und noch mal. Es ist wie eine Sucht, aber dadurch kriegen wir sie irgendwann. Einfach weil sie nicht aufhören können, und weil sie es oft genug darauf anlegen, eine Spur zu hinterlassen. Sie spielen Katz und Maus, und die Maus sind wir. Dabei geht ihnen richtig einer ab. Die Gefahr, die Bedrohung, verhaftet zu werden. Deshalb war es so schwer, Cuffle zu kriegen – die rein zufällige Auswahl seiner Opfer. Absolut ohne Logik. Es ist, als ob man einen Kode knacken müßte, den sich ein Verrückter ausgedacht hat. Wir brauchten Monate, aber irgendwann haben wir ihn geschnappt. Er bekam dreimal lebenslänglich."

Er war offenbar fertig und starrte nun seine Hände an. Aber Bletcher wartete ab, ob da noch mehr war. Als Frank weiter schwieg, fragte er: „Und was gab den Ausschlag?"

Frank hob den Kopf und sah ihn mit brennendem, gepeinigtem Blick an. „Ein Jahr später öffnete ich meinen Briefkasten und fand darin einen Umschlag, an mich adressiert. Kein Absender. Und –"

Seine Stimme klang nun gequält, als ob er die folgenden Worte nicht aussprechen wollte. „Und in dem Umschlag waren Polaroids von Catherine. In einem Supermarkt. Catherine in der Schule. Und plötzlich – plötzlich wirkte mein hellseherisches Novokain nicht mehr. Die Abstumpfung schlug in lähmende Furcht um."

Bletcher sah seinen alten Freund mit einer Mischung aus Mitleid und Entsetzen an. „Hast du herausgefunden, wer es war?"

„Nein. Ich habe mich nicht mehr aus dem Haus getraut. Zur Arbeit gehen, um andere zu beschützen, wenn man nicht einmal die eigene Familie beschützen kann? Jordan – Jordan war für uns eine Art Wunder. Die Ärzte hatten gesagt, daß wir keine Kinder bekommen können. Und nun war sie vielleicht in Gefahr, und ich konnte mir selbst nicht mehr ins Gesicht sehen."

„Aber offenbar hast du die Kurve doch gekriegt, Frank", schüttelte Bletcher bewundernd den Kopf. „Du *hast* sie gekriegt. Wie?"

„Eine Gruppe von Männern und Frauen hat mir geholfen, die besondere Bedeutung meiner Fähigkeit zu begreifen." Er zögerte. „Meiner . . . Begabung."

Bletcher nickte, um ihn zum Weiterreden zu ermuntern. „Diese Millennium Group?"

„Ja."

„Und die glauben wirklich an dieses Zeugs? Ich meine Nostradamus, die Offenbarung . . .? Das Ende der Welt?"

Frank sah ihn an. Es verging eine volle Minute, bevor er antwortete: „Sie glauben, daß wir uns nicht einfach zurücklehnen und darauf hoffen sollten, daß es ein Happy End gibt."

Er griff nach dem Telefonhörer und begann, die Nummer des Krankenhauses zu wählen. Bletcher sah ihm dabei zu. Als er sicher war, daß Frank nichts mehr zu sagen hatte, stand er auf und verließ den Raum. Frank sah ihm nach und zog eine Grimasse, als ihm das Besetztzeichen entgegentutete. Er drückte die Gabel herunter, um wieder ein Freizeichen zu bekommen, aber genau in diesem Moment begann das Telefon zu piepen.

„Bob Bletchers Apparat", sagte Frank, und schielte durch die Tür, um zu sehen, ob Bob noch im Korridor stand.

„Bob?" fragte eine Männerstimme.

„Nein, er ist gerade mal raus."

Der Anrufer gab einen ungeduldigen Laut von sich. „Können Sie für ihn etwas notieren? Es eilt –"

Schnell schwenkte Frank den Stuhl herum und ergriff ein Blatt Papier von Bletchers Schreibtisch. „Moment, ich brauche nur noch einen Stift – Okay!"

„Sagen Sie ihm, daß wir die Bluttests zurückverfolgt haben. Sie wurden in einem Labor in Seattle durchgeführt, das auch für die Polizei arbeitet."

Frank hörte plötzlich ein schwaches Summen. Die Stimme am anderen Ende der Leitung schien schwächer zu werden. Er schluckte, in seinem Mund schmeckte es nach Galle und Kupfer. „Von woher wurden sie verschickt?“ fragte er mit dröger Stimme.

„Das ist ja das Merkwürdige.“ Die Stimme des Anrufers drückte eine Mischung aus Frustration und Verwirrung aus. „Sie gingen durch dieselben Kanäle, die auch die Polizei verwendet. Derselbe Kurierdienst. Intraoffice.“

„Intraoffice . . .“ Frank starrte auf die Tür, verspürte schlagartig Trockenheit im Mund. Ohne sich zu verabschieden drückte er den Hörer auf die Gabel und stand auf. Der Raum schien vor seinen Augen zu verschwimmen, Stühle und Schreibtische und Bücherregal wirkten wie die glutflüssigen Konturen eines ertrunkenen Waldes, wie die vermodernden Piers und Alleen einer Stadt, die von einer immensen Flut überrascht worden war, so schnell und unausweichlich, daß man nur in einem ehrfürchtigen, transzendenten Zustand des Schreckens zur Kenntnis nehmen kann, daß dies wohl das Ende der Welt sein muß.

Der Geruch von Abwässern füllte den Raum, von brennendem Petroleum, versengtem Haar und Fleisch. Unter Bletchers

Schreibtischlampe vollführten Staubpartikel einen langsamen Tanz und verdrehten sich ineinander, bis sie sich zu der wabernden Silhouette einer Frau vereinten, die sich verführerisch hinter einer Glasscheibe räkelte, ihr Körper enthauptet und in schwarzem Kunststoff versiegelt.

„Bob“, hallte seine Stimme hart durch das verlassene Büro. Er rannte aus der Tür und in den Korridor, sah sich dort erfolglos um. *„Bob!“*

Keine Antwort. Mit rasendem Herzen sprintete er über den Korridor, bis er den Lastenaufzug erreichte. Es dauerte einige Minuten, bis er kam. Die schweren Türen glitten quälend langsam auf, und er eilte hinein, um sofort auf die Knöpfe des Bedienpanels zu hämmern, bis sich die Türen endlich schlossen. Dann bewegte sich die Kabine mit noch quälenderer Langsamkeit nach unten. Frank preßte seinen Rücken an die der Tür gegenüberliegende Wand und beobachtete die LED-Anzeige – *3* – *2* – *Parterre* – *Tiefgarage* –, bis sein Ziel in hellen, roten Buchstaben auf dem Display aufflackerte:

PATHOLOGIE

19

Bevor die Türen sich vollständig geöffnet hatten, stand er bereits vor dem Aufzug. Er rannte über den kalten Kachelboden eines verlassenen, fensterlosen Korridors, gefolgt von den harten, lauten Echos seiner Schritte. Dann stieß er die Doppeltür auf, die in die Leichenhalle führte, ohne die Warnschilder zu registrieren, mit denen Wände und Türen bepflastert waren –

ZUTRITT NUR FÜR PERSONAL!
INFEKTIONSGEFAHR!
BITTE BEACHTEN SIE ALLE
SICHERHEITSVORSCHRIFTEN!

Eisig herabgekühlte Luft spülte über ihn hinweg, parfümiert mit dem süßen Gestank von Lactose und Formaldehyd, Alkohol und einer winzigen Beimengung des stechenden Gestanks der Verwesung. Er stand mitten in einem Inselmeer von Rollbahren, jede mit einer grausigen Fracht beladen, Kadaver und Leichensäcke, manche davon scheinbar zu ominösen Gruppen vereint, wo man sie einfach achtlos an einer Wand abgestellt hatte. Seine Schuhe klapperten über die Gitter von Abflüssen, von denen aufsteigende Rinnen abzweigten, die zu den Autopsietischen an der Wand am anderen Ende des Raumes führten. Vor einem der Tische stand ein Mann im weißen Kittel, der sich über eine glitzernde Ansammlung von medizinischen Werkzeugen, Lupen und ungemein wirksam anmutenden Skalpellen beugte. Auf dem Tisch neben ihm lag eine fürchterlich aufgeblähte Gestalt, deren Brustkorb weit geöffnet war und Rippen bloßlegte, die nun wie die Rumpfsparren einer versunkenen Galeone emporragten.

„Entschuldigung –“, keuchte Frank, während er auf den Mann zuging. „Ich suche den Chefpathologen – Massey, Curt Massey –“

„Tut mir leid. Ist nicht da.“ Der Mann war so in seine Arbeit vertieft, daß er Frank kaum eines Blickes würdigte. „Da ist sein Schreibtisch, warum hinterlassen Sie ihm nicht eine –“

Doch Frank hörte seine Worte nicht mehr. Er vernahm andere, die in einem rauhen Flüsterton ausgesprochen wurden: *Ich will dich tanzen sehen, ich will dich tanzen sehen;* wieder und immer wieder. Er starrte den anderen an, seine behandschuhten Hände, seine entrückte Art, die blutleere Leiche vor sich zu betrachten.

„– Nachricht –“, verhallte nun das letzte Wort des Mannes. Dann drehte er sich um und hob den Kopf, sah Frank nun zum ersten Mal direkt an. Ihre Augen begegneten sich, wie sie es bereits im Volunteer Park getan hatten. Und hinter diesen Augen sah Frank alles, enthüllt wie die Eingeweide der Leiche, die der andere gerade noch seziert hatte: Tuesdays in Flammen aufgehender Körper, Calamitys Torso mit den sorgfältig über der blutigen Brust gekreuzten Armen, der grausige, lippenlose Leichenmund eines unbekannten Opfers, in dem kruden Sarg zu einer Grimasse unsäglichen Terrors erstarrt.

Und Frank sah auch sich selbst, sein eigenes Gesicht widergespiegelt in dem des Killers, seine eigene Miene, wie der Franzose sie jetzt sah: Den hageren Racheengel, der niedergestiegen ist, um über den Propheten des Blutes zu richten.

„Nein!“ brüllte der Franzose, das Gesicht zu einer Fratze des Schreckens verzerrt. Mit einer schnellen Bewegung ergriff er eines der Messer vom Tisch, eine lange, gezackte Klinge, dafür gemacht, Knochen und Muskeln zu durchtrennen, und stürzte nach vorn. Dabei ließ er das Messer durch die Luft pfeifen, um die Kehle seines Entdeckers aufzuschlitzen. Frank duckte sich im letzten Moment und wich seitlich hinter eine Rollbahre aus. Mit aller Kraft stieß er die Bahre nun dem Franzosen entgegen, und wich im letzten Augenblick zurück, als sein Gegner sich über die darauf liegende Leiche beugte und das Messer gefährlich nahe an Franks Gesicht vorbeizischen ließ. Frank stieß ihm erneut die Rollbahre vor den Leib und drängte den Franzosen mit dem Rücken gegen den Metalltresen.

„Wer bist du, mich zu verdammen?" kreischte der Mann mit wildem Blick.

„Runter mit dem Messer, und wir werden uns unterhalten", entgegnete Frank, wobei er sich bemühte, seiner Stimme einen gelassenen Tonfall zu verleihen.

Statt einer Antwort stieß der Franzose ihm das Messer entgegen, das nur wenige Zentimeter an seiner Wange vorbeisauste. Frank lehnte sich vor und stemmte nun sein gesamtes Körpergewicht gegen die Rollbahre, um den Franzosen damit einzukeilen. Der Killer versuchte, sich herauszuwinden.

„Sie haben sich versündigt!" brüllte er. „Und Sie *wissen* das!"

Frank schüttelte den Kopf. „Weg mit dem Messer!"

„Ich mußte etwas unternehmen", wetterte der Killer weiter, dem die Worte nun geradezu aus dem Mund sprudelten. „Jemand mußte doch etwas dagegen tun! *Sie versammeln sich –*“

Er fuchtelte wild mit dem Messer herum. „*– wo Satans Thron steht! Die große Pest*. Jemand mußte etwas dagegen tun! Niemand fragt sich, wer endlich etwas unternimmt!“

Frank ließ ihn reden, beobachtete ihn mit durchdringendem Blick, um vorherzusehen, was der Irre als nächstes plante. Die Tür war zu weit weg, aber auf dem Tresen hinter dem Rücken des Killers lag eine ziemlich vollständige Werkzeugsammlung des pathologischen Berufsstandes. Frank überlegte blitzschnell, ob er damit sein Glück versuchen sollte, als der Killer ohne jede Vorwarnung zu einem neuen Angriff ansetzte. Frank warf sich nach hinten. Der Franzose ergriff die Rollbahre und stieß sie mit aller Kraft in Franks Richtung. Er wurde schwer von ihr getroffen und taumelte zu Boden. Über ihm begann die Bahre zu kippen. Frank versuchte, sich wegzurollen, aber es war zu spät: Das Ding fiel um, mitsamt seiner grotesken Fracht, die nun auf Frank landete und ihn am Boden festnagelte. Verzweifelt versuchte er, sich vom Gewicht der Leiche zu befreien, aber da war der Franzose auch schon bei ihm und setze das Messer an Franks Kehle.

„So erfüllt sich die *Prophezeiung*", zischte er. Nur der auf Frank liegende Kadaver trennte sie. „Der letzte Richterspruch und der Sieg! So muß es enden. Aber du weißt es längst . . ."

Sein Mund verdrehte sich zu einem bösartigen Lächeln. „Du kannst es sehen, nicht wahr? Du siehst es, alles – *genau wie ich.*"

Frank sah in das verzerrte Gesicht und wußte, daß es die Wahrheit war: Der Killer sah ihn. *Kannte* ihn, kannte seine Vision, genau wie Frank die seine kannte.

„Du weißt, das Ende naht!" brüllte der Franzose. „Die tausend Jahre sind vorüber . . ."

Plötzlich stieß er mit dem Messer nach Frank. Keuchend schob dieser dem anderen die Leiche entgegen, um sich vor dem Stich zu schützen, und versuchte gleichzeitig, ein Stück fortzurutschen.

Aber der Franzose war zu schnell. Er riß das Messer aus dem toten Körper und stürzte sich wieder auf Frank, den Arm zum letzten tödlichen Stich erhoben.

„Du glaubst, daß du es aufhalten kannst, ja?" kreischte er. „Du glaubst wirklich daran, daß man es aufhalten kann –"

Erneut hob der Franzose die Klinge und zielte damit direkt auf Franks Herz. Frank keuchte panisch auf, versuchte sich zu befreien, als eine Explosion den Raum erfüllte. Über ihm nahm das Gesicht des Franzosen einen schockierten Ausdruck der Verwunderung an, als sein Körper einen gewaltigen Schlag erhielt. Blut sprudelte über seine Brust, als er auf dem Boden aufschlug. Frank drehte sich herum und sah Bob Bletcher in der Doppeltür der Leichenhalle stehen. Seine Pistole war noch immer auf den Killer gerichtet, aus ihrem Lauf zog eine Rauchfahne hoch.

„Frank", sagte er leise, ohne den Freund anzublicken.

Frank rappelte sich auf und sah zu dem Franzosen herüber. Der Mann lag fast zu einem Kreis zusammengekrümmt da, eine Hand vor die Brust gepreßt. Blut floß aus der Wunde und aus seinem Mund und besudelte seine weiße Jacke und seine Latexhandschuhe. Er sah Frank mit einem seltsam abschätzenden Blick an.

„Du kannst es nicht aufhalten", murmelte er mit immer schwächer werdender Stimme. Für einen letzten Augenblick trafen sich ihre Blicke. Und in den eisigen Tiefen der Augen sah der hagere Mann einen Fluch und eine Warnung zugleich. *„Du ... kannst ... es ... nicht ... aufhalten ..."*

20

Einige Tage waren vergangen. Catherine stand in der Küche und stürzte eilig ihren Kaffee hinunter. Frank war bereits fort, er hatte sich wegen einer dringenden Angelegenheit entschuldigt und sie mit Jordan allein gelassen. Das Mädchen war erst gestern aus dem Krankenhaus entlassen worden. Die Ergebnisse der endlosen Tests, die man an ihr durchgeführt hatte, ließen immer noch auf sich warten. Aber der zuständige Arzt hatte Catherine und Frank versichert, daß im Augenblick keine akute Gefahr bestände.

„Kinder haben manchmal derartige Anfälle", hatte er ihnen bei ihrem letzten Treffen erzählt. „Ich weiß, wie schrecklich es für die Eltern ist, so etwas mitzuerleben, und was sie während der Behandlung durchmachen. Aber solange es in Verbindung mit einem bestimmten Symptom auftritt, beispielsweise mit hohem Fieber, ist so ein Anfall eigentlich kein Anlaß zu Besorgnis. Lassen Sie uns erst die Testergebnisse abwarten, dann können wir auch die letzten Zweifel und Bedenken bereinigen."

Also hatten sie ihre Tochter mit nach Hause genommen. Und Catherine hatte sich endlich ein Herz gefaßt und ein Vorstellungsgespräch vereinbart – ein Vorstellungsgespräch, das sie versäumen würde, falls Frank nicht bald zurückkam. Sie setzte ihre Kaffeetasse ab, rückte zum hundertsten Mal ihren Rock zurecht und glättete ihr Haar, das ungewohnt ordentlich in einem Zopf auf das Leinen ihrer Kostümjacke herabfiel. Dann nahm sie ihre Ohrringe von der Küchenarbeitsplatte, wo sie sie bereitgelegt hatte, direkt neben ihre Bewerbungsunterlagen mit dem Schreiben, das die Arbeitsvermittlung ihr geschickt hatte, als sie noch in D. C. wohnten.

„Catherine."

Sie drehte sich um und sah Frank, der seinen Kopf durch die Schwingtür steckte, die zum Eßzimmer führten. Sie lächelte.

„Bin ich froh, daß du zu Hause bist – ich werde zu spät zu meinem Vorstellungsgespräch kommen." Sie legte hastig ihre Ohrringe an und sah dann wieder ihren Mann an. Sein Ausdruck wechselte von Erleichterung zu Neugierde, während er weiter dort in einer unbequemen Haltung auf der Türschwelle stand, so daß nichts außer seinem Kopf von ihm zu sehen war.

„Frank? Was ist denn los?"

Er flüsterte. „Wo ist Jordan?"

„Oben, in ihrem Zimmer. Was ist los, Frank?"

Nun, da die Luft rein war, stieß er die Schwingtüre auf und trat in die Küche. In seine Jacke war ein winziges, schwarzweißes Fellknäuel eingewickelt.

„Oh mein Gott!" Catherine hob erfreut ihre Hände und eilte auf ihn zu. „Nun schau's dir an."

Er streckte ihr den Welpen entgegen und sie nahm ihn in ihre Arme. Das Tier sträubte sich und winselte, um dann mit seiner Zunge beinahe ihr sorgfältig aufgelegtes Makeup zu ruinieren.

„Es ist ein Bordercollie", erklärte Frank. „Bassets hatten sie keine mehr. Nun komm –"

Er nahm ihr den Welpen ab und bedeutete ihr, die Treppe hinaufzugehen. Sie tat, wie ihr geheißen, und Frank folgte ihr, wobei er in leisen Flüstertönen das sich sträubende Bündel auf seinem Arm zu beruhigen versuchte. Auf dem Treppenabsatz hörte er Jordans aufgeregte Stimme.

„Was ist es? Sag's mir, sag's mir!"

„Schließ deine Augen, Schatz – mach schon, wir haben eine kleine Überraschung für unser großes, tapferes Mädchen –"

Er wartete vor ihrer Tür und streckte nur

den Kopf herein, um sich zu vergewissern, daß ihre Augen geschlossen waren. Sein Tochter lag in ihrem Pyjama im Bett, den Plüschhund auf dem Schoß, die Augen zusammengekniffen. Catherine sah ihren Mann an und nickte ihm zu. Er betrat das Zimmer.

„Ich glaube, da versucht jemand zu schummeln“, meinte Catherine lachend.

„Was ist es?“ krähte Jordan aufgeregt. Frank ging leise zu ihrem Bett herüber und legte ihr den Welpen auf den Schoß. Jordan öffnete schlagartig ihre Augen und quietschte vor Vergnügen, als das Hündchen sie ansprang, um ihr das Gesicht abzulecken.

„Oh Daddy!“ Innig umarmte sie das kleine Tier und lachte glücklich auf. „Wie heißt es?“

Frank setzte sich aufs Bett und lächelte. „Er hat noch keinen Namen.“

„Darf ich einen aussuchen?“

Frank nickte. „Schließlich gehört er dir, nicht wahr?“

Das Hündchen machte es sich in ihren Armen gemütlich. Seine Tochter seufzte selig. „Oh Daddy, er ist so niedlich!“

Catherine nahm Franks Hand. Sie sah ihn kurz an, Tränen liefen über ihr Gesicht.

„Soviel zum Makeup der modernen Geschäftsfrau“, meinte sie selbstironisch. „Bin sofort wieder zurück –“

Frank blieb bei seiner Tochter sitzen und sah zu, wie sie mit dem neuen Hündchen spielte. Die Sonne lugte durch die Fenster hinein, und der Duft von frisch aufgebrühtem Kaffee durchzog das Haus. In diesem Moment verspürte er nichts als ein reines Glücksgefühl, die vollkommenste Form des Selbstbetrugs.

„Gut“, sagte er nach einer Weile, während ihm die Tränen in die Augen stiegen, „dann lasse ich euch beide mal allein, damit ihr euch richtig miteinander bekannt machen könnt.“ Er klopfte sanft mit seiner Hand auf Jordans Bein, kraulte anschließend den Welpen und machte sich auf den Weg ins Erdgeschoß. Auf dem Weg sah er kurz ins Badezimmer hinein, wo Catherine sich gerade Lippenstift auftrug.

„Viel Glück bei deinem Vorstellungstermin.“

„Danke.“ Sie drehte sich um und lächelte fast so glücklich wie Jordan. „Alles wird gut, nicht wahr, Frank? All das –“ Ihre Geste schloß den Raum, in dem sie standen, genauso ein wie das kleine Mädchen, das mit ihrem fiependen Welpen in ihrem Zimmer saß, und erfaßte damit ihren gesamten kleinen Garten Eden mit dem gelben Haus mittendrin. „– ist erst der Anfang.“

Frank erwiderte ihr Lächeln. „Ich glaube,

du hast recht“, sagte er, um dann hinunterzugehen.

Am Ende der Treppe bemerkte er die Morgenpost, die unter dem Briefschlitz der Haustür über den Boden verteilt war. Er hielt an, um sie aufzulesen, und überflog die Junkmail, die Magazine, die Wurfblätter und die aus D. C. abgeschickten Rechnungen. Plötzlich stutzte er. Da war ein an ihn adressierter Brief. Sein Name stand sauber getippt auf dem Adreßaufkleber, darunter die neue Adresse:

FRANK BLACK
1910 EZEKIEL DRIVE

Der Brief war keine Nachsendung. Er trug keinen Absender. Sein Herz begann zu rasen, während er ihn öffnete und mit den Fingern hineintastete und die vertraut glatte Oberfläche eines Stapels von Polaroids ertastete. Bevor er sie herausziehen konnte, kam Catherine im Eiltempo die Treppe heruntergelaufen.

„Du solltest schleunigst nach oben gehen – die Herrschaften benötigen dringend eine Putzfrau!“ verkündete sie fröhlich, mit dem Daumen auf das Obergeschoß weisend.

„Okay“, sagte Frank geistesabwesend.

Sie griff nach ihrer Handtasche und ihrem Aktenkoffer. „Drück' mir die Daumen", sagte sie, und küßte ihn, bevor sie seine Anspannung bemerkte. „Was ist los?"

Er sah sie an: Die Sonne streichelte ihr Haar, die Müdigkeit und das Bangen der letzten Tage wirkten wie fortgewischt. „Nichts", meinte er dann. „Paß auf dich auf, ja?"

Sie nickte, lächelte und rückte ihren Blazer zurecht, um dann das Haus zu verlassen. Frank sah ihr nach, während sie den Bürgersteig zu ihrem Auto hinunterlief. Als ihr Wagen nicht mehr zu sehen war, öffnete er mit zitternden Händen den Umschlag und holte die Polaroids heraus.

Es waren Bilder von Catherine und Jordan. Die beiden auf dem Rücksitz des Cherokee. Jordan auf ihrem Kindersitz festgeschnallt. Catherine vor einer Drehtür, etwas unscharf, weil sie eilig Schutz vor dem Regen suchte. Jordans Kopf, eine total verwischte Aufnahme.

Und dann das letzte Bild, auf dem Catherine und Jordan inmitten des regen Verkehrs einer Straße in der City zu sehen waren. Hand in Hand wartend vor einer Fußgängerampel. Frank atmete gepreßt ein und aus, als er das Bild anstarrte; in seinem Kopf breitete sich ein zunehmender Druck aus, während er das

Foto mit zitternden Händen seinen Augen näherte.

Und dann, hinter den schemenhaften Gestalten seiner Frau und Tochter, festgehalten in einem ahnungslosen Moment, entdeckte er die markanten Umrisse eines knallgelben Wagens, von dessen Fahrertür ihm ein Werbespruch ins Auge sprang:

SEATTLE CITY TAXIS
WIR FINDEN SIE,
WO IMMER SIE SIND

ELIZABETH HAND ist die Autorin von *Glimmering, Winterlong* und wurde für *Waking the Moon* für den World Fantasy Award nominiert. Sie lebt in Maine.